Sortilèges esquimaux

Carolyn Keene

Les enquêtes de Nancy

Sortilèges esquimaux

Traduit de l'américain
par Claire Beauvillard

Hachette

L'édition originale de ce roman
a paru en langue anglaise
chez Wanderer Books (Simon & Schuster), New York,
sous le titre :
THE ESKIMO'S SECRET

Hachette, 79, boulevard Saint-Germain, Paris VIe

Chapitre 1

Des problèmes chez Haggler International

Nancy Drive, une jeunc fille de dix-huit ans, était au téléphone.

« Cette mission est particulièrement difficile, papa, déclara-t-elle. Je n'ai rien déniché qui ressemble tant soit peu à l'entreprise C-B.

— Ça ne me surprend pas, répondit James Drive. J'ai essayé d'obtenir des renseignements sur le Groupe des Investisseurs et je n'ai pas fait mieux que toi. De toute évidence, C-B et le Groupe des Investisseurs sont des sociétés bidons. Elles servent probablement de façades à quelque chose ou à quelqu'un. Il nous faudra procéder à des investigations plus poussées pour découvrir leur identité réelle.

— Tu veux que je renonce à C-B ? demanda Nancy.

— Ce serait aussi bien. Retourne à l'hôtel et nous déjeunerons de bonne heure. Nous pourrons peut-être aborder le problème sous un autre angle. »

La jeune détective, qui n'avait que trois ans lorsque sa mère mourut, était très proche de son père. Eminent avocat de River City, la ville où ils demeuraient, M. Drive faisait souvent appel à Nancy pour l'aider dans certaines affaires particulièrement difficiles, aux quatre coins du pays.

« Retrouvons-nous dans la salle à manger », lui proposa-t-elle avant de raccrocher le téléphone.

En se dirigeant vers la voiture qu'elle avait louée à l'aéroport de Seattle, elle pensa au premier coup de fil qu'Hélène Haggler avait donné à James Drive. Celle-ci était directrice de Haggler International, une chaîne de boutiques de luxe qui vendaient des objets d'art dans toutes les grandes cités de la côte Ouest.

Mlle Haggler avait raconté à M. Drive qu'un certain nombre d'incidents, pour le moins curieux, s'étaient produits dernièrement dans ces magasins. Elle supposait qu'un ennemi inconnu en était à l'origine. Elle avait reçu plusieurs coups de téléphone de deux sociétés qui désiraient racheter son affaire, mais elle les avait éconduites. L'une d'elles était C-B, l'autre le Groupe des Investisseurs. Comme elle n'envisageait pas de leur vendre son entreprise, elle n'avait pas prêté attention à leur proposition. A présent, Hélène Haggler se demandait si les acheteurs en question n'étaient pas cause de ses ennuis.

Quand Nancy réussit enfin à rejoindre son père à la table d'angle qui donnait sur la ville de Seattle bourdonnante d'activités, elle l'aborda d'un air un peu taquin.

« As-tu trouvé par quel bout nous allions prendre le problème ?

— Par le début, répliqua James Drive avec un grand sourire. Je crois qu'il nous faudra rechercher les propriétaires de chaque société répertoriée sous la rubrique "Investisseurs". Je suis convaincu que bon nombre d'entre elles ne sont que des prête-noms, mais parmi eux, il y en aura un qui sera réellement derrière le Groupe des Investisseurs, et c'est celui-là que nous devons dénicher.

— Alors tu penses que Mlle Haggler a raison et que tous ses déboires font partie d'une conspiration ? » demanda Nancy.

Son père hocha la tête.

« Hélène n'est pas femme à sc faire du souci pour des embêtements mineurs. Notre tâche consiste à rassembler les preuves nécessaires pour les dénoncer à la police.

— Ces sociétés semblent être candidates au rachat de son entreprise, fit remarquer Nancy après avoir commandé le déjeuner. Et le fait que nous n'ayons pu trouver aucune personne réclle derrière elles me paraît suspect.

— Je n'ai jamais vu une telle liste, acquiesça James Drive. Les seuls directeurs possibles que j'aie rencontrés s'appelaient R.K. Smith et D.W. Jones. Leurs noms figuraient sur trois lignes sous le Groupe des Investisseurs. Je ne suis parvenu à localiser aucun d'eux. Je ne suis donc même pas sûr qu'ils existent vraiment.

— Nous pourrions faire démarrer notre

enquête à partir des incidents qui ont eu lieu dans les établissements Haggler, suggéra Nancy. Résoudre une affaire d'incendie volontaire, de vol ou même de faussaire serait un jeu d'enfant en comparaison de celle-ci.

— Je ne crois pas que la police apprécierait cette remarque, fit observer M. Drive en riant gentiment. Dans les villes, celle-ci est confrontée à ce genre de problèmes et, jusque-là, n'a guère remporté de succès.

— Alors qu'allons-nous faire? s'enquit Nancy.

— Tu devrais appeler ton amie de Victoria, répondit James Drive. Elle aimerait peut-être venir à Seattle et passer quelques jours avec toi.

— Tu me retires l'enquête, papa? demanda Nancy, troublée.

— Mon Dieu, non! Je t'accorde simplement des vacances pendant que je ferai de fastidieuses recherches sur la face cachée du Groupe des Investisseurs. Je découvrirai peut-être quelque chose sur C-B par la même occasion.» Il fronça les sourcils. «Je croyais que tu avais prévu d'inviter Alana.»

Nancy prit sa fourchette et attaqua son omelette avant de lui répondre. Alana Steele était une vieille amie qui avait passé son enfance à River City. Elle était restée orpheline après un tragique accident de voiture, quelques années auparavant, et était partie à Victoria, en Colombie britannique, avec son oncle, Clément Steele. Nancy et elle étaient restées en contact, s'écrivant et se téléphonant, mais elle ne s'étaient pas vues depuis qu'Alana avait quitté River City.

«Je tiens absolument à la revoir, dit Nancy, mais je ne veux négliger ni toi ni Mlle Haggler.

— Tu ne peux pas faire grand-chose tant que

je n'ai pas les noms de ceux qui se cachent derrière le Groupe des Investisseurs, lui assura son père.

— Alors je t'appellerai après le déjeuner, promit Nancy. As-tu le rapport des gens de San Francisco ?

— Hélène a été disculpée de l'accusation de vente de faux qu'avait portée contre elle l'un de ses clients, déclara M. Drive. Les papiers de cette gravure sur jade ont été fabriqués par un négociant sans scrupules. Hélène avait tout vérifié avant de la proposer à quiconque, et tout lui avait paru correct. Le revendeur s'est servi de sa notoriété. Ce qui reste un mystère, c'est la manière dont cette manœuvre frauduleuse a été révélée.

— Encore une tentative pour nuire à la réputation de Haggler International, conclut Nancy.

— Je ne vois pas d'autre motif, acquiesça James Drive. Cette accusation a été la goutte d'eau qui a fait déborder le vase. Je suis certain qu'Hélène a raison de penser que tous ses ennuis ne sont pas simplement dus à un malencontreux hasard.

— Mais pourquoi voudrait-on tellement racheter son affaire ? demanda Nancy. Je sais qu'elle marche bien et qu'il existe des possibilités d'expansion au-delà de la côte Ouest, mais tout cela ne changerait-il pas si sa réputation était ternie ? »

Son père hocha la tête.

« Alors..., poursuivit Nancy en hésitant. Auraient-ils manigancé cela pour en faire baisser le prix ? »

James Drive réfléchit, puis sourit.

«Tu as peut-être mis le doigt sur quelque chose, reconnut-il.

— Et le Groupe des Investisseurs doit être dans le coup.

— Tu peux y réfléchir tout en t'occupant d'Alana, lui conseilla son père.

— J'ai comme l'impression qu'il faut que je monte donner mon coup de fil, dit Nancy malicieusement.

— Présente mes salutations à son oncle, ajouta James Drive.

— Tu connais Clément Steele?»

Nancy était surprise.

«Nous nous sommes vus plusieurs fois. C'est un négociant d'art, tu sais. Il possède une très jolie galerie à Victoria. Je crois qu'il est spécialisé en art primitif indien et esquimau.

— C'est passionnant, murmura Nancy. Je suppose que c'est pour cela qu'Alana fait des études dans ce domaine, depuis quelques années.

— Tu n'auras qu'à le lui demander.

— Je t'en parlerai plus tard», lança Nancy en se levant.

Il lui fallut quelques minutes pour obtenir Victoria, mais Alana décrocha aussitôt.

«Oh! Nancy, je suis si heureuse que tu aies appelé! s'exclama-t-elle. Quand j'ai reçu la lettre m'annonçant que tu passerais dans le coin, j'ai été ravie. Nous allons enfin pouvoir bavarder!

— Eh bien, je serai quelque temps à Seattle, et j'espérais que tu pourrais venir me voir, fit Nancy en lui donnant ses coordonnées. Je suis sur une affaire qui embarrasse mon père, mais il m'a accordé quelques jours de congé. Si tu es libre, nous pourrons faire du tourisme et du shopping.»

Il y eut un long silence. Nancy entendait la respiration d'Alana à l'autre bout de la ligne, mais rien d'autre. Elle attendit, quelque peu surprise.

«Ça ne te convient pas, Alana? demanda-t-elle, n'y tenant plus.

— Mais si, bien sûr! répondit Alana un peu trop vite. C'est juste que... Ecoute, je ne peux rien te dire pour l'instant. Je te rappellerai. Ça ne t'ennuie pas?

— Non, je...»

Brusquement la jeune détective se rendit compte qu'il n'y avait plus personne au bout du fil : on avait raccroché. Ses traits se figèrent. Elle s'inquiéta de ce qui préoccupait son amie, posa le récepteur et fit les cent pas dans la pièce.

Le temps passa. Une demi-heure, puis une heure. Nancy, incapable d'attendre davantage, composa une seconde fois le numéro des Steele. Le téléphone sonna dans le vide.

Une autre heure s'écoula avant que Nancy ne fasse une nouvelle tentative. La gouvernante répondit presque aussitôt.

«Nancy Drive à l'appareil. Puis-je parler à Alana? demanda aussitôt la jeune fille.

— Je suis désolée, mademoiselle Drive, mais elle n'est plus à la maison.

— Savez-vous où je peux la joindre?

— Elle n'a rien dit, mademoiselle. Vous devriez essayer à la galerie. M. Steele est peut-être au courant. Voulez-vous le numéro?

— Merci.»

Nancy le nota et appela la galerie.

«Je suis désolée de vous déranger, monsieur, fit-elle après s'être présentée et lui avoir relaté ses précédents coups de fil. Je suis un peu inquiète au sujet d'Alana. Cela fait deux heures que je l'ai eue et...

— Je comprends, Nancy, l'interrompit M. Steele. Le comportement d'Alana me préoccupe aussi. Elle est perturbée depuis quelque temps, et j'ignore pourquoi. J'espère que vous parviendrez à l'aider.

— Si je n'arrive pas à la joindre, je ne vois pas comment ce sera possible, répondit Nancy.

— J'ignore où elle se trouve, Nancy, je suis navré. Dès que j'aurai de ses nouvelles, j'insisterai pour qu'elle vous rappelle. Je vous le promets.

— Je ne veux pas l'ennuyer, murmura Nancy. Mais je me fais du souci. Elle avait l'air si contente de m'entendre, si impatiente de me rendre visite et puis... plus rien.

— Je comprends, et croyez bien que je partage votre inquiétude. »

Il y avait une certaine anxiété dans la voix de Clément Steele et, quand elle raccrocha l'appareil, Nancy eut l'impression terrifiante que cet homme lui cachait quelque chose. Alana courait peut-être un danger.

Chapitre 2

Un appel au secours

L'après-midi s'éternisait. Nancy sortit les papiers sur lesquels travaillait son père et essaya de se concentrer, mais son esprit était ailleurs. Elle repensa à sa conversation téléphonique avec Alana. Envahie par un sentiment d'impuissance décourageant, elle referma le dossier et s'effondra sur le canapé après avoir allumé la télévision.

«... Un flash d'information, annonça le présentateur. Un vol spectaculaire vient d'avoir lieu à la galerie Steele de Victoria.»

Nancy sursauta, intriguée.

«Aux dernières nouvelles, un seul objet a disparu. Il manque la célèbre statue esquimaude connue sous le nom de *La Toundra*, qui devait faire sa première apparition publique le week-end prochain. Nous avons eu la chance de la voir en avant-première, et voici le reportage concernant cette œuvre d'art si rare.»

Sur l'écran apparut une image tellement incroyable que Nancy en resta bouche bée. Il s'agissait d'un vaste panneau en bois creusé et travaillé de façon à représenter un paysage complexe. Cela ressemblait à une photo aérienne et en relief de l'immense toundra gelée.

Cet univers n'était pas désertique, car l'artiste l'avait animé de centaines de petites sculptures en ivoire. Un troupeau de caribous, grands cousins nord-américains des rennes, évoluait au centre. Mais ce n'était pas tout. Des loups le poursuivaient, quelques ours rôdaient alentour. On distinguait même des hommes, çà et là, représentés avec précision.

Les motifs étaient ravissants, les animaux et les personnages si vivants qu'il était difficile de croire qu'ils n'étaient pas réels. Nancy ressentit une certaine frustration quand le film se termina et que réapparut le visage du présentateur.

«Cette œuvre esquimaude, entièrement réalisée en bois et en ivoire, est une sorte de mystère pour les amateurs d'art primitif. Elle a fait couler beaucoup d'encre dans ce milieu. Qu'elle soit volée la veille même de l'exposition...»

Il y eut des remous dans le public qui se tenait derrière le journaliste. Celui-ci se retourna.

«Monsieur Steele, avez-vous quelque chose à nous déclarer? Un autre objet aurait-il disparu au cours de ce cambriolage? Les autorités possèdent-elles quelques indices?»

L'homme qui regardait la caméra était grand, beau et maîtrisait mal sa colère. Ses yeux sombres lançaient des éclairs, et il serrait les poings en se forçant à sourire.

« Je crains bien de n'avoir aucun commentaire à ajouter pour l'instant, déclara-t-il.

— Pas même pour faire taire la rumeur qui prétend qu'il pourrait bien y avoir une complicité de l'intérieur ? » demanda le présentateur.

Nancy sursauta, mais le téléphone vint détourner son attention. Clément Steele aurait apparemment été ravi d'envoyer un uppercut dans le menton de son interlocuteur, mais il se détourna. Nancy jeta un dernier coup d'œil au poste de télévision, baissa le son et décrocha le récepteur.

« Nancy ? Nancy, c'est toi ? »

Alana avait une voix suraiguë, excitée, une respiration saccadée comme si elle pleurait.

« Alana, où étais-tu passée ? demanda Nancy. Qu'est-ce qui ne va pas ?

— J'ai besoin d'aide, Nancy. S'il te plaît, peux-tu venir à Victoria ? »

Sa phrase se termina par un sanglot.

« Bien sûr, lui promit Nancy. Mais qu'y a-t-il ? S'agit-il du cambriolage ? Comment puis-je t'aider ?

—Viens, je... »

La communication fut brutalement coupée.

« Oh ! » explosa Nancy en composant le numéro des Steele.

Elle reconnut la voix de la gouvernante.

« C'est Nancy Drive. J'étais en train de parler à Alana quand nous avons été coupées. Est-elle là ?

— Non, mademoiselle Drive. Alana n'est pas encore rentrée. Je n'ai aucune idée de l'endroit où vous pouvez la joindre.

— Mais... »

Nancy comprit que cela ne servait à rien de protester, remercia son interlocutrice, se rendant compte qu'elle ignorait d'où Alana l'avait appelée. Elle pensa téléphoner à la galerie, puis se dit qu'il devait y régner une grande confusion après le cambriolage. Ce fut avec soulagement qu'elle entendit son père tourner la clef dans la serrure.

Après l'avoir embrassée, il lui demanda aussitôt :

« Y a-t-il quelque chose qui ne va pas, Nancy ? Tu n'as pas réussi à joindre Alana ? »

Nancy lui parla de ses différents coups de fil, de l'appel au secours d'Alana et du cambriolage. Il l'écouta en silence, la laissa terminer son récit et hocha la tête.

« Tout cela ne me dit rien qui vaille, fit-il. Veux-tu que j'en parle à Jeff Carrington ? C'est un enquêteur de Victoria, spécialisé dans les œuvres d'art. Il doit déjà s'occuper de l'affaire.

— Oh ! Papa, je t'en serais très reconnaissante ! répondit la jeune détective. Je ne sais que faire. Alana doit avoir de sérieux ennuis, et je veux l'aider, mais il faut d'abord que je la trouve !

— Je vais demander à Jeff, lui promit son père. Il saura si elle était à la galerie au moment du cambriolage. »

Il sourit.

« Pendant que je règle tout ça, pourquoi n'appelles-tu pas la réception pour le dîner ? Je suppose que tu préfères rester ici au cas où Alana tenterait de te joindre.

— Merci, papa. »

Nancy serra son père dans ses bras avant de s'informer du menu.

James Drive eut une longue conversation téléphonique. Quand il raccrocha, il avait plutôt l'air morose.

« J'ai bien peur que les nouvelles ne soient pas bonnes, Nancy, fit-il.

— Qu'est-ce que tu veux dire ?

— Le présentateur avait raison : les autorités pensent qu'il y avait une complicité de l'intérieur. Celui qui a dérobé *La Toundra*, quel qu'il soit, savait exactement où la trouver et avait accès au coffre-fort de la galerie Steele.

— Mais qui... ?

— Jeff n'a pas pu me donner de détails mais, d'après ce qu'il m'a laissé entendre, les soupçons se portent sur Clément Steele, bien que l'on interroge également plusieurs de ses employés.

— Et Alana ? »

Ce fut avec une certaine réticence que Nancy lui posa cette question.

« Jeff ne croit pas qu'on la convoquera. En fait, il est certain qu'elle n'était pas à la galerie aujourd'hui. Elle fait toutefois partie des gens à contacter.

— Tu penses que c'est pour ça qu'elle était si bouleversée ? demanda Nancy. A cause du cambriolage ?

— Tu m'as bien dit qu'elle t'avait semblé nerveuse ? »

Nancy hocha la tête.

« Elle était encore chez elle, mais quand j'ai eu M. Steele au bout du fil, il ignorait où elle se trouvait. »

Ils restèrent assis en silence, puis Nancy présenta le menu à son père avant de commencer le dîner. Ils étaient en train de manger lorsque le téléphone sonna. James Drive décrocha, puis tendit le récepteur à Nancy.

« M. Steele.

— Bonsoir, monsieur Steele, fit-elle. Vous me téléphonez au sujet d'Alana?

— Est-elle avec vous? s'enquit M. Steele.

— Ici? Bien sûr que non. Je voulais dire...

— Elle n'est pas à Seattle? Vous ne lui avez pas parlé?»

Clément Steele avait prononcé ces mots à voix basse.

«Pas depuis qu'elle m'a appelée à l'aide.

— Quand? Après notre conversation?

— Oui. En fait, je regardais le flash d'information sur le cambriolage. C'est pour cela que je n'ai pas essayé de vous contacter à la galerie.

— Que vous a-t-elle dit exactement?»

Nancy lui raconta tout ce dont elle se souvenait.

«Je lui ai promis de l'aider, mais je ne sais pas où la joindre, monsieur Steele. J'ai téléphoné chez vous. On m'a répondu qu'elle n'était pas à la maison.

— C'est vrai, confirma-t-il d'une voix inquiète.

— Savez-vous ce qui se passe? Cela a-t-il un rapport avec le vol? J'aimerais tant la secourir!»

Un déclic bien reconnaissable lui coupa la parole.

«Ça ne va pas? demanda son père.

— M. Steele m'a raccroché au nez, répliqua Nancy, furieuse. Tous ceux que j'ai au bout du fil me font le même coup. Personne ne veut me donner de réponse.

— Frustrant, non? fit remarquer James Drive. J'en suis là, moi aussi.

— Et l'affaire Haggler? s'enquit Nancy, contente de changer de sujet. Je me faisais tellement de souci pour Alana que je ne m'en suis pas préoccupée.

— Au même point que tes conversations téléphoniques, répondit M. Drive. Les voies dans lesquelles je m'engage sont toujours des impasses. C'est un véritable labyrinthe. Je tombe sur des pistes alléchantes, je les suis et, chaque fois, je me heurte à un mur.

— Y a-t-il quelque chose que je puisse faire ?

— Aide-moi à terminer ce dessert. J'ai eu les yeux plus grands que le ventre.

— Je te l'avais bien dit ! le taquina Nancy. Martha, notre gouvernante, n'aimerait pas ça. »

Son père lui raconta une autre histoire de repas interminable, et Nancy éclata de rire malgré ses craintes pour Alana pour qui elle ne pouvait rien faire. Mieux valait ne pas s'appesantir sur les terrifiants dangers que son amie courait peut-être.

Le temps s'écoula lentement. Le journal télévisé ne parlait quasiment que du cambriolage, mais il devint assez vite clair que l'on n'en savait pas beaucoup plus que lors du premier flash. Nancy prit du plaisir à revoir le court reportage sur le panneau d'ivoire sculpté, cette fameuse *Toundra* qu'elle trouvait si fascinante !

Au milieu de la soirée, le téléphone rctentit à nouveau. Nancy se précipita, et dut cacher sa déception lorsqu'elle reconnut Hélène Haggler.

« Pouvez-vous me passer James, Nancy ?

— Bien sûr, mademoiselle Haggler. Un instant, je vous prie. »

Elle tendit le récepteur à son père dont le visage se rembrunit.

La jeune fille reprit sa place devant la télévision. Tout en la regardant, elle remarqua le changement de ton dans la voix de l'avocat. Il était ennuyé, elle en était certaine. James Drive raccrocha d'un air inquiet.

« Il y a quelque chose qui ne va pas ? demanda Nancy.

— Peut-être bien.

— Mlle Haggler n'est pas satisfaite de notre enquête ?

— Elle n'a même pas cherché à savoir où nous en étions, soupira James Drive. Elle exige que nous cessions nos investigations concernant le Groupe des Investisseurs, lui expliqua-t-il. Elle refuse de me dire pourquoi.

— Arrêter, mais je pensais... ! »

Nancy hésita.

« Que vas-tu faire ? poursuivit-elle, convaincue que son père ne jetterait pas l'éponge aussi facilement.

— Je vais me rendre chez elle dès demain matin, décida James Drive.

— Tu penses qu'on l'a menacée ? s'enquit Nancy, suivant le cours de ses pensées.

— Connaissant Hélène Haggler, je doute qu'elle ait cédé devant de simples menaces. Pour être arrivée où elle est, il lui a fallu beaucoup de force.

— Et alors ?

— J'ignore ce qui s'est passé, mais j'ai la ferme intention de le découvrir. Je ne cesserai pas mes recherches tant que je ne saurai pas exactement pourquoi elle a changé d'avis. »

Il avait l'air déterminé, et Nancy sentit un frisson la parcourir.

« Veux-tu que je t'accompagne ? demanda-t-elle presque timidement.

— Tu ferais mieux de rester ici au cas où Alana tenterait de te joindre. »

Nancy hocha la tête, mais le sinistre pressentiment qu'elle éprouvait depuis un moment ne l'avait toujours pas quittée.

Chapitre 3

Une étrange disparition

James Drive se rendit tôt dans la matinée chez Hélène Haggler. A huit heures, Nancy marchait de long en large dans sa chambre, plongée dans ses réflexions. Incapable d'attendre plus longtemps le coup de téléphone d'Alana, elle composa une fois de plus le numéro des Steele. La gouvernante répondit, visiblement inquiète.

« Pouvez-vous me passer Alana ? » demanda Nancy.

Puis elle se présenta, consciente que la maison des Steele avait dû être assaillie d'appels de reporters.

« Je suis désolée, mademoiselle Drive, mais Mlle Steele est sortie, déclara la domestique.

— Sortie ? Je ne comprends pas.

— Elle est partie en voyage hier, vers l'heure du déjeuner. Je suis tout à fait désolée.»

La communication fut coupée avant que Nancy ait eu le temps de protester.

«Partie? tu parles! murmura-t-elle, persuadée que les ennuis de son amie étaient bien réels. Si elle a disparu, ce n'est certainement pas pour un simple petit voyage.»

Pendant quelques minutes, elle passa en revue les événements qui s'étaient déroulés depuis son coup de fil à Alana. Aucun ne lui sembla logique. L'appel au secours de le jeune fille l'obsédait.

Il était inutile d'attendre. Telle fut sa conclusion.

Son père serait absent une grande partie de la journée, peut-être même de la soirée, si son entrevue avec Mlle Haggler se prolongeait. Alana l'avait suppliée de venir et Nancy, persuadée que son aide était indispensable, décida de se rendre à Victoria.

Il ne lui fallut pas longtemps pour faire ses bagages et les réservations nécessaires. Dès qu'elle fut sortie, elle sc sentit mieux. Elle espérait que son père ne lui en voudrait pas de sa décision et de ne trouver qu'un bref mot d'explication à son retour à l'hôtel.

Une fois à Victoria, Nancy hésita. Elle pensa d'abord appeler les Steele, mais elle eut le pressentiment qu'on ne ferait que lui répéter la même histoire. Mieux valait louer une voiture et se rendre sur les lieux.

Nancy arriva peu avant midi. Une femme de chambre vint lui ouvrir, et se contenta de lui annoncer que ni Alana ni M. Steele n'étaient à la maison. Quand elle chercha à en savoir plus, son interlocutrice appela la gouvernante, Mme Dentley. Cette dernière lui raconta exactement la même chose qu'au téléphone.

« Alana m'a demandé de venir, protesta Nancy, soupçonnant que cette femme mentait. Il faut que je la voie. »

Mme Dentley haussa les épaules, et ferma la porte au nez de Nancy.

Désappointée, celle-ci jeta un coup d'œil autour d'elle. La bâtisse était assez éloignée de la route, au milieu d'un jardin parfaitement entretenu. Le parfum des fleurs emplissait l'air et, au loin, elle entendit le ronflement régulier d'une tondeuse à gazon.

Consciente qu'il serait vain de frapper de nouveau à cette porte, Nancy suivit le bruit du moteur et fit ainsi le tour de la demeure. Un jeune homme travaillait là, qui s'arrêta dès qu'il l'aperçut et lui demanda :

« Puis-je vous aider ?

— Je suis venue voir Alana Steele », dit Nancy.

Le sourire amical du jardinier lui plut aussitôt.

« Elle m'a téléphoné hier soir pour me demander de l'aide, mais elle ne semble pas être chez elle. Or je ne sais pas où la joindre. Avez-vous une idée de l'endroit où elle se trouve ? »

Il la dévisagea un instant, puis haussa les épaules.

« Elle a quitté la maison hier, peu après midi. Je l'ai remarqué, parce qu'elle courait comme si quelqu'un était à ses trousses. Elle a sauté dans sa voiture et démarré. Autant que je sache, elle n'est pas revenue.

— Pas même le soir ? »

L'inquiétude de Nancy grandissait de seconde en seconde.

« Son automobile est plutôt bruyante, et je suis logé au-dessus du garage. Je l'aurais entendue si elle était rentrée.

— A-t-elle pris des bagages ? » demanda Nancy qui se souvint des propos de la gouvernante.

Le jeune homme eut un air dubitatif.

« M. Steele sait peut-être où elle est, suggéra-t-il. Ou bien son ami.

— Qui est-ce ? s'enquit Nancy, intriguée.

— Chris Harper. Il travaille avec elle à la galerie. »

Nancy soupira, certaine d'avoir recueilli tous les renseignements possibles, et de plus en plus inquiète pour Alana. Elle le remercia et regagna sa voiture. De toute évidence, la galerie Steele serait sa prochaine étape. Elle savait pourtant qu'elle n'y trouverait pas son amie. Elle espérait seulement que son oncle en saurait plus à présent que la veille au soir.

La galerie Steele était située dans un bel immeuble neuf dont l'architecture s'accordait parfaitement avec un environnement plus ancien. Elle aperçut une grande pancarte indiquant : *FERMÉ*. Plusieurs voitures de police étaient garées dans le secteur. Sans être sûre de pouvoir y pénétrer, Nancy se dirigea vers la porte d'entrée. A sa grande surprise, celle-ci n'était pas verrouillée.

« Nous ne sommes pas ouverts aujourd'hui, mademoiselle. »

Le gardien sortit de l'ombre au moment où elle s'avançait dans le hall mal éclairé.

« J'étais à la recherche de M. Steele ou de Chris Harper, répondit aussitôt Nancy. Je suis une amie d'Alana Steele.» L'homme la dévisagea avec hostilité avant de hocher la tête.

«Vous les trouverez tous les deux au fond du couloir devant lequel vous êtes passée.»

Nancy fit deux pas dans la direction indiquée.

«Attendez une minute, ajouta le gardien. Vous n'êtes pas journaliste, n'est-ce pas?

— Non, répondit Nancy.

— Ça vaut mieux, marmonna-t-il en lui faisant signe d'avancer. Ils n'accordent aucune interview aujourd'hui. Ça, c'est sûr!»

Nancy suivit le couloir jusqu'à des bureaux situés derrière les principales salles d'exposition de la galerie. Un seul d'entre eux portait mention du nom de son occupant : *Clément Steele.* Elle s'avança.

«Je ne veux pas entendre ça!»

Une voix masculine, forte, furieuse, arrêta la main de Nancy qui était sur le point de frapper à la porte.

«Vous travaillez pour moi. Vous allez écouter ce que j'ai à dire», répondit une autre voix tout aussi furibarde.

Nancy recula, prête à s'enfuir vers le gardien, peut-être même à lui demander d'emprunter le téléphone pour appeler le bureau de M. Steele. Mais avant qu'elle ait eu le temps de se retourner, la discussion devint de plus en plus intéressante.

«Je suis venu prendre des nouvelles d'Alana, poursuivit la première voix.

— J'aimerais aussi savoir ce qu'est devenue ma nièce.»

Le second intervenant était visiblement Clément Steele.

« Et si vous me disiez où elle se trouve, Harper ?

— Monsieur Steele, je l'ignore. »

Chris Harper semblait très malheureux.

« Je ne l'ai pas vue depuis avant-hier soir. Pourquoi vous entêtez-vous à croire le contraire ?

— Je vous reproche toute cette histoire, Harper, grogna Steele.

— Pour le vol ? demanda Harper, apparemment sidéré. Je n'étais même pas dans l'immeuble. Vous êtes pourtant au courant.

— Eh bien, je suis certain qu'Alana n'a pas fait ça. Peu importe ce qu'en pensent les autorités. »

A présent, Clément Steele semblait plus inquiet que mécontent.

« Ils veulent juste lui parler, protesta Harper. Si on leur avait dit où elle était hier, ils sauraient qu'elle n'a rien à voir avec l'histoire de *La Toundra.* »

Nancy avait le souffle coupé. Elle se rendait compte que les pires de ses craintes se révélaient fondées. Comme les deux hommes, elle était persuadée qu'Alana n'avait aucune responsabilité dans le vol de l'œuvre d'art, mais sa disparition n'en était pas moins suspecte.

« Qui les a prévenus de son départ ? poursuivit Clément Steele. Et qui a passé la moitié de la nuit à répéter à qui voulait l'entendre qu'Alana était obsédée par cette sculpture ?

— Il fallait que je réponde à leurs questions, se défendit Chris Harper.

— Vous n'aviez qu'à faire porter leurs soupçons sur quelqu'un d'autre, rugit Steele.

— Comme vous l'avez fait quand vous me les

avez envoyés, l'accusa Harper. Je ne possède pas la combinaison du coffre de la galerie mais *vous*, vous l'avez !

— Je sais que je ne vous l'ai pas donnée, rectifia Steele. Mais cela ne signifie pas que vous ne la connaissiez pas. Alana aurait pu vous l'indiquer.

— Vous préférez qu'ils la suspectent plutôt que vous, n'est-ce pas ? hurla Chris Harper. Pourquoi ? Vous craignez qu'ils ne découvrent que c'est vous qui avez dérobé *La Toundra* ?

— Je n'ai pas l'intention d'écouter vos théories à la noix ! tonna Clément Steele. Vous êtes renvoyé ! Je ne vous gardais que parce qu'Alana vous aimait bien. »

La porte du bureau s'ouvrit brutalement, et Nancy faillit être renversée par un jeune garçon blond visiblement projeté hors de la pièce. Il passa devant elle sans même la regarder, et Nancy se retourna pour faire face à l'homme en colère qui se trouvait sur le seuil.

« Qui êtes-vous et qu'est-ce qui vous permet d'écouter aux portes ? » gronda Clément Steele dont les yeux lançaient des éclairs.

Chapitre 4

Plusieurs suspects

« Je m'appelle Nancy Drive, monsieur Steele, dit-elle, calme, droite comme un I, pour dissimuler à son interlocuteur qu'elle avait un peu peur de lui.

— Nancy, ma chère enfant, j'aurais dû vous reconnaître d'après les photos que possède de vous Alana. Je suis désolé. Entrez, je vous en prie. »

La jeune détective pénétra dans le bureau avec soulagement, heureuse de l'occasion qui lui était offerte de parler en tête à tête avec l'oncle d'Alana. Son accueil on ne peut plus chaleureux la surprit, tout comme le regard désapprobateur qu'il lui lança quand elle eut pris place en face de lui.

« Qu'est-ce qui vous amène à Victoria, Nancy ? lui demanda-t-il.

— Un coup de fil d'Alana, répondit Nancy.

— Vous a-t-elle rappelée ?»

M. Steele se pencha en avant, le corps tendu.

« Pas depuis notre conversation, reconnut-elle. Mais comme je vous l'ai dit, elle m'a suppliée de lui venir en aide. N'ayant pu la joindre, j'ai décidé de me déplacer pour voir de mes yeux ce qui se passait ici. »

Clément Steele s'appuya contre le dossier de son fauteuil. Il lui parut soudain plus vieux et plus soucieux que quelques instants auparavant.

« J'espère que vous ne regretterez pas votre décision, fit-il.

— La regretter ?» Nancy fronça les sourcils. « Pourquoi ? Je ne comprends pas.

— Alana n'est pas là, lui expliqua-t-il. Je n'ai aucune idée de l'endroit où elle se trouve.

— Quand je suis allée chez vous, la gouvernante m'a raconté qu'elle était en voyage », poursuivit Nancy en l'observant minutieusement.

M. Steele grimaça.

« Elle est partie hier, déclara-t-il un peu trop affirmativement.

— Après ce coup de téléphone... et sans prendre de bagages, ajouta Nancy.

— J'ai demandé à Mme Dentley de mentir, reconnut-il. Les autorités ont posé beaucoup de questions au sujet d'Alana, les journalistes aussi. Ils ont l'air de vouloir établir un lien entre le cambriolage et son départ. J'espère qu'en déclarant qu'elle est partie avant le vol, nous les forcerons à chercher un autre suspect.

— Vous essayez de la protéger ?»

Nancy ne pouvait s'empêcher d'être sceptique, après la discussion qu'elle avait surprise entre Chris Harper et lui.

« Tant que je n'aurai pas découvert où elle

est et pourquoi elle a disparu, il faut bien que j'adopte une ligne de conduite. »

Bien que son inquiétude ait l'air sincère, Nancy eut l'impression très nette qu'il ne disait pas toute la vérité.

« Et le cambriolage ? demanda-t-elle. La police vous a-t-elle appris quelque chose à ce sujet ? »

M. Steele se leva d'un bond.

« Ils posent beaucoup de questions, mais ne donnent pas de réponses, dit-il d'un ton morose.

— *La Toundra* est-elle le seul objet qui ait disparu ? »

Nancy hésitait, ne sachant par où commencer son interrogatoire.

« Un chef-d'œuvre à nul autre pareil. La pièce la plus fascinante qu'il m'ait été donné d'exposer, et elle n'est plus là. Ce vol va me ruiner, que j'en sois disculpé ou non. Qui fera confiance à ma galerie après une telle affaire ?

— Quand les voleurs seront pris..., commença Nancy, mais M. Steele s'avançait déjà vers la porte.

— Je suis navré. Je ne peux pas vous aider davantage, dit-il. J'ignore vraiment où elle se trouve. Je vous téléphonerai si j'apprends quoi que ce soit. »

A contrecœur Nancy se leva et quitta le bureau. Elle jeta un coup d'œil circulaire, cherchant quelque indice, mais en vain. Elle reprit le couloir par lequel elle était venue. Curieuse des autres objets qui devaient être exposés avec *La Toundra*, elle tourna dans une allée latérale. Comme elle l'avait espéré, celle-ci conduisait à la salle d'exposition.

Une lumière naturelle venant des fenêtres de la galerie éclairait la pièce. Le socle central était vide, mais les œuvres qui restaient lui parurent superbes. Elle s'avança vers le première statue.

« Sans *La Toundra*, cela ne représente pas grand-chose », dit une voix familière.

Nancy fit volte-face et aperçut Chris Harper près d'une collection d'ours polaires sculptés.

« Qu'est-ce que vous faites ici ? demanda-t-elle.

— Je pourrais vous poser la même question, répliqua-t-il avec un petit sourire. En réalité, je vous attendais.

— Comment saviez-vous que j'étais là ?

— Alana m'a dit que vous vous intéressiez aux affaires mystérieuses, et j'ai pensé que vous ne résisteriez pas à celle-ci. »

Il se fit plus engageant et ses yeux bleus, à présent chaleureux, le rendaient tout à fait séduisant.

« Vous êtes venue, Nancy Drive. »

Celle-ci se mit à rire, un peu embarrassée de ses propres soupçons.

« Hé oui, reconnut-elle. Pourquoi désiriez-vous me voir ?

— Pour vous demander d'aider Alana. C'est pour cette raison que vous êtes ici, n'est-ce pas ? Vous ne vous laisserez pas intimider par Clément Steele ? »

Le sourire disparut de ses lèvres.

« Il cache quelque chose, et il pourrait bien faire du mal à Alana.

— Comment me connaissez-vous ? » poursuivit Nancy qui venait de se rendre compte qu'elle avait appris son identité en écoutant aux portes. Elle se demanda si à son tour il n'avait pas fait de même.

« Alana a quelques photos, répondit Chris. Et

puis, elle parle souvent de vous. De plus, j'ai lu des articles dans les journaux, lorsque vous avez résolu certaines énigmes. J'aimerais bien que vous éclaircissiez celle-ci.

— Que savez-vous de la disparition d'Alana? enchaîna Nancy qui accepta ses explications.

— Rien. Nous avions rendez-vous la veille, mais il ne s'est rien passé de particulier, dîner et cinéma. J'ai repensé à cette soirée une bonne centaine de fois, soupira-t-il. Je l'ai appelée hier après-midi, mais je n'ai pas réussi à la joindre. Je ne me suis rendu compte qu'elle avait disparu que lorsque la police s'est mise à me poser des tas de questions à son sujet.

— Alors vous ignorez où elle est partie? dit Nancy, déçue de n'obtenir aucune information supplémentaire.

— Pas la moindre idée. Et vous?»

Après un instant de réflexion, Nancy parla à Chris des coups de téléphone, y compris de l'appel au secours d'Alana. Il semblait aussi soucieux qu'elle.

«Quelque chose l'inquiétait avant le cambriolage, conclut Nancy, et cela la rendait nerveuse.

— Vous pensez que les deux faits sont liés? demanda Chris, visiblement très contrarié à cette idée.

— Je crois que oui, déclara Nancy, mais je suis certaine qu'Alana n'a pas volé la sculpture.

— Moi aussi.

— Que pouvez-vous m'apprendre sur cette œuvre d'art? poursuivit Nancy. Et sur son propriétaire?

— Presque rien, répondit Chris. Je veux dire, je suis incapable de vous parler des sculptures elles-mêmes, mais ce n'est pas ce que vous souhaitez, n'est-ce pas ?»

Nancy hocha la tête.

«Ce que je...»

Elle s'interrompit brusquement en voyant Chris se raidir. Elle se retourna pour regarder dans la même direction que lui et aperçut M. Steele sur le seuil, juste derrière elle.

«Ah, vous êtes là, Nancy, dit-il d'un ton jovial que ses yeux démentaient. J'ai demandé au gardien si vous aviez quitté les lieux, et il m'a répondu que non.

— Vous désirez quelque chose? s'enquit Nancy tout en remarquant qu'il fusillait Chris Harper du regard.

— S'il vous plaît, voulez-vous venir avec moi dans mon bureau, lui proposa-t-il en l'éloignant de Chris pour l'amener vers le couloir. Sortez d'ici, Harper! gronda-t-il. Vous êtes indésirable.

— Je partirai avec plaisir», persifla Chris en prenant la direction opposée.

M. Steele ne prononça pas un mot avant d'avoir regagné la pièce où il travaillait.

«Je suis désolé d'avoir interrompu votre conversation, mais j'ai pensé vous demander de rester à Victoria pour essayer de retrouver Alana.

— Vous souhaitez que je reste?»

Nancy ne put dissimuler sa surprise.

«Je suis absolument navré, Nancy. Alana a tenté de vous contacter. Je suis certain qu'elle a besoin de votre aide. Si vous acceptez mon invitation, peut-être y parviendra-t-elle. J'espère que ce ne sera pas long.

— Vous croyez que sa disparition n'est pas sans rapport avec le cambriolage?

— Je suis convaincu qu'elle n'a pas volé *La Toundra*, si c'est ce que vous voulez dire.»

Son visage s'était assombri.

«Moi aussi, lui assura Nancy, mais il est possible qu'elle ait vu ou entendu quelque chose qui lui ait indiqué le coupable. Si elle en savait trop...»

Elle ne voulut pas terminer sa phrase.

«Alors il faut que vous la trouviez vite.

— Je vais avoir besoin d'aide, déclara-t-elle, heureuse de ce changement d'attitude.

— Tout ce que vous voudrez.

— Parlez-moi de *La Toundra*, lui demanda Nancy. Qui en est propriétaire? Qui serait susceptible de la voler?

— *La Toundra* était la pièce principale d'une collection privée qui, à l'origine, appartenait à Franklin Cole. Il est mort il y a six mois environ, et sa femme m'a proposé la collection. De son vivant, M. Cole n'a jamais exposé la sculpture mais, après son décès, son épouse a été harcelée par un certain nombre d'acheteurs insistants, et elle n'a pas supporté cette pression. Elle a pensé qu'il était mal de cacher une œuvre d'art aussi monumentale au sein d'une collection privée, et m'a informé qu'elle me donnerait toute licence pour la vendre à une personne ou à une institution qui l'exposerait en permanence, comme doit l'être, selon elle, cette pièce inestimable du patrimoine esquimau.»

M. Steele en parlait avec une autorité sereine, mais il avait l'air triste.

«J'ai l'impression qu'elle a mal placé sa confiance, conclut-il.

— Pensez-vous que le vol ait été commis par l'un de ces éventuels acheteurs?»

Il hocha la tête.

« Mais je croyais que la police avait affirmé qu'il y avait une complicité de l'intérieur, protesta Nancy.

— Ils ont été aidés, lui confirma-t-il. Allez-vous rester pour essayer de retrouver Alana ?

— Bien entendu, assura Nancy d'un ton décidé.

— J'appellerai Mme Dentley, et je la préviendrai de votre arrivée. »

M. Steele eut l'air soulagé.

« Cela vous ennuierait-il que j'interroge ceux qui travaillent à la galerie ? demanda-t-elle.

— Non, évidemment. Si quiconque fait preuve de mauvaise volonté, signalez-le-moi.

— Je vous contacterai dès que j'aurai appris quelque chose de nouveau », lui promit Nancy, espérant que ce ne serait pas long.

L'heure qui suivit ne fut pas très encourageante. Ses interrogatoires se révélèrent décevants. Tous étaient d'accord pour dire qu'Alana était obsédée par *La Toundra*, mais personne ne put lui expliquer pourquoi. On ne la guida pas non plus vers d'autres témoins éventuels. Nancy se dirigea enfin vers le bureau d'accueil, en souhaitant que l'hôtesse serait à même de lui donner les noms et les adresses de tous ceux qui avaient été employés par la galerie, et lui indiquerait des gens qui connaîtraient mieux Alana que ceux qu'elle avait rencontrés jusqu'à présent.

« Mademoiselle Nancy Drive ? appela un jeune garçon qui venait de franchir la porte d'entrée.

— C'est moi. »

Il s'avança et lui tendit une enveloppe. Nancy l'examina, à la recherche de l'adresse de l'expéditeur. Elle pensa à son père. Il n'y avait pas la moindre indication. Elle l'ouvrit.

Elle contenait une note tapée à la machine sur une feuille de papier.

Nancy Drive,

Cessez vos recherches et quittez Victoria. On ne trouvera pas Alana, et vous êtes en danger.

Un ami.

Chapitre 5

Une amie se cache

Nancy poussa un cri, puis chercha des yeux le garçon qui avait apporté l'enveloppe. Il avait disparu.

« Qu'est-ce que c'est ? » demanda l'hôtesse.

Nancy lui tendit la lettre et courut vers la porte d'entrée pour regarder dans la rue, espérant apercevoir son messager. Il s'était volatilisé. Elle revint vers le bureau d'accueil, pensive.

« Voulez-vous que j'appelle la police ? » proposa la jeune femme à Nancy qui venait récupérer la note.

Celle-ci réfléchit et hocha la tête.

« Je suis sûre que ce n'est qu'une plaisanterie. »

L'expression qui se peignit sur le visage de son interlocutrice lui montra que cette dernière n'en croyait pas un mot.

« J'aimerais que vous n'en parliez à personne,

poursuivit Nancy. M. Steele m'a invitée chez lui pour que je puisse y attendre Alana. Je serai donc parfaitement en sécurité. Je souhaiterais quand même avoir l'adresse de Chris Harper, son numéro de téléphone ainsi que les noms des deux employés qui ont quitté la galerie au début de l'année. »

La jeune femme rechercha ces renseignements tandis que Nancy examinait la lettre et l'enveloppe de plus près. De toute évidence, le coursier ne travaillait pas pour une quelconque maison de livraison. Chris Harper était, en dehors de M. Steele, la seule personne qui sût pourquoi elle se trouvait à Victoria, donc c'était probablement lui qui lui avait envoyé cet avertissement. Mais pourquoi ? C'était cela qui l'inquiétait.

« M. Drive n'est pas rentré à l'hôtel, mademoiselle Drive, lui indiqua au téléphone le réceptionniste. Il y a plusieurs messages pour lui.

— Y en a-t-il pour moi ? demanda Nancy.

— Je crains que non. Désirez-vous laisser quelque chose ?

— Juste un mot pour prévenir mon père qu'on peut me joindre chez les Steele », dit Nancy après un instant de réflexion.

Elle n'était pas certaine que celui-ci l'approuverait de rester à Victoria pour partir à la recherche d'Alana. Mais elle n'avait pas l'intention de retourner à Seattle pour en discuter. Si Alana était en danger, le facteur temps était sans doute primordial.

Elle essaya d'appeler les autres numéros que lui avait donnés l'hôtesse, sans succès. Désappointée, elle reprit sa voiture jusqu'à la demeure des Steele. Cette fois, Mme Dentley l'accueillit à bras ouverts.

Quand elle fut installée dans la chambre d'amis, Nancy demanda à la domestique de lui montrer celle d'Alana, qui se trouvait au bout du couloir. Tout en ayant le sentiment d'être une intruse, elle se disait que c'était le seul endroit où elle pourrait glaner quelques indices quant à la disparition de son amie. Elle se mit à fouiller cette pièce plutôt en désordre.

Il y avait des livres et des papiers partout, révélant l'intérêt qu'Alana portait à l'art esquimau et à la sculpture sur ivoire. Nancy les examina avec soin, cherchant des références sur *La Toundra*, espérant trouver des renseignements sur le propriétaire et l'histoire de l'objet. Mais elle ne découvrit rien. Déçue, elle prit place au bureau d'Alana.

« Où es-tu partie, Alana ? murmura-t-elle en parcourant des yeux cette chambre à la fois si féminine et si désordonnée. Pourquoi ne m'as-tu laissé aucun indice ? »

Elle souleva le coin du buvard qui protégeait le beau bois de la table et poussa un cri. Un petit ours polaire en ivoire tomba et rebondit sous le lit à baldaquin. Nancy se mit à genoux et chercha à tâtons sous le satin rose du couvre-lit. Sans résultat.

« Où es-tu passé ? » soupira-t-elle en écartant la lourde étoffe pour y voir plus clair.

Pendant un instant, elle ne distingua rien, puis une ombre un peu vague attira son regard. Elle s'allongea sur l'épaisse moquette pour avoir une meilleure position d'observation.

Elle n'eut aucun mal à repérer l'ours, mais quand elle essaya de l'attraper, elle heurta quelque chose qui était accroché aux ressorts du sommier. Elle découvrit alors un morceau de bande magnétique qui remontait jusqu'à une sorte de couvercle en carton.

« Qu'est-ce que c'est que ça ? » fit-elle en le détachant.

Un petit carnet lui tomba dans la main.

Après avoir récupéré l'ours, Nancy rapporta les deux objets sur le bureau. Elle remit la statuette à sa place, avant de regarder le calepin. Il était très ordinaire, à feuilles détachables, et le seul mot inscrit sur la couverture lui apprit pourquoi il était si bien caché. Alana y avait écrit : *« Toundra »*.

Nancy allait l'ouvrir quand elle entendit frapper doucement à la porte.

« Mademoiselle Drive ? »

La femme de chambre jeta un coup d'œil dans la pièce.

« Qu'y a-t-il ? demanda Nancy en dissimulant sa trouvaille sous les papiers d'Alana.

— On vous demande au téléphone, mademoiselle, répondit l'employée.

— Mon père ? fit Nancy, pleine d'espoir.

— Ce monsieur n'a pas donné son nom. Si vous voulez bien me suivre jusqu'à la bibliothèque.

— J'arrive, dit Alice.

Elle se redressa, s'avança entre le bureau et la femme de chambre, tout en glissant le carnet dans sa poche. Il y formait une légère bosse, mais cela valait mieux que de le laisser derrière elle.

« Avez-vous découvert où se trouve Mlle Alana ? » s'enquit la domestique que Nancy avait suivie dans l'escalier.

Nancy soupira.

« J'ai bien peur que non, dut-elle avouer. Par

hasard, connaîtriez-vous quelqu'un que je puisse appeler? Une amie intime?»

La femme de chambre secoua la tête, puis descendit les marches à toute allure pour ouvrir la porte de la superbe bibliothèque.

«Vous pouvez prendre la communication ici», dit-elle.

Nancy sourit et la remercia, puis attendit qu'elle ait fermé la porte derrière elle pour prendre le récepteur.

«Allô? fit-elle.

— Nancy, c'est vraiment toi?»

Alana était essoufflée, sa voix suraiguë.

«Alana? Où es-tu?»

Le cœur de Nancy battait, mais de soulagement cette fois-ci.

«Peu importe, répondit Alana. Que fais-tu à Victoria?

— Je suis là pour t'aider, répliqua Nancy, surprise par le ton de son amie. Tu m'as appelée au secours, souviens-toi!

— Tu n'aurais pas dû venir.

— Ton oncle est fou d'inquiétude et Chris aussi, ajouta Nancy. Ils m'ont tous deux demandé d'essayer de te retrouver. Il faut que tu rentres à la maison, Alana. La police pense que tu as volé *La Toundra*.

— C'est totalement faux.»

Sa phrase se termina presque dans un sanglot.

«Je le sais et ton oncle également, mais tant que tu n'auras pas répondu aux questions de ceux qui sont chargés de l'enquête, tu seras suspecte, Alana. Pourquoi t'es-tu enfuie? Où es-tu?

— Je ne peux pas te le dire.»

Sa voix était triste mais ferme.

«Comment puis-je t'aider si tu ne me donnes

aucun renseignement, fit Nancy dont la déception grandissait en même temps que la crainte qu'Alana ne raccroche le téléphone. Tu ne me fais pas confiance?

— Personne ne peut plus me secourir. Il est trop tard.

— Ce n'est pas possible, protesta Nancy. Tu as fait appel à moi, Alana. Donne-moi une chance. Dis-moi où tu te caches.

— Non, non, ne cherche pas à me rejoindre. Tu dois quitter Victoria, Nancy. Retourne à Seattle avant qu'on ne te fasse du mal. J'ai trouvé le secret de *La Toundra* à l'*Oiseau de feu*, et maintenant je... Je t'en prie, Nancy, va-t'en avant d'en savoir trop!»

Chapitre 6

Une chambre mise à sac

Nancy entendit le déclic coupant la communication et faillit hurler sa déception. Pourquoi lui raccrochait-on toujours au nez? Tout ce qu'elle désirait, c'était aider les autres. Elle ferma les yeux et tenta de se remémorer tout ce qu'Alana avait dit, espérant y trouver une signification. En vain.

Ne sachant que faire, elle composa de nouveau le numéro de Chris Harper, sans vraiment attendre de réponse. Elle avait hâte de parler à quelqu'un du mystérieux coup de fil de son amie. A son grand étonnement, Chris décrocha dès la première sonnerie.

«Que puis-je faire pour vous? demanda-t-il avec empressement.

— J'aimerais vous toucher deux mots d'Alana, fit Nancy.

— Vous avez eu de ses nouvelles? s'exclama Chris en changeant de ton.

— Oui, je...

— Pas au téléphone, l'interrompit Chris.

— Voulez-vous venir ici? dit Nancy quelque peu surprise par cette soudaine prudence.

— Non. Nous devrions nous retrouver ailleurs. »

Chris semblait troublé.

« Où?

— Pourquoi pas au Vieux Port, près de l'hôtel Empire? Vous savez où c'est?

— Bien entendu.

— Nous pourrons bavarder tranquillement tout en faisant une de ces promenades touristiques en voiture à cheval », poursuivit Chris.

Il lui donna rendez-vous une demi-heure plus tard, puis il raccrocha.

Nancy resta un instant le regard perdu dans le vide. De quoi Chris avait-il peur? Etait-il impliqué d'une façon ou d'une autre dans la disparition d'Alana? Ou bien pensait-il que M. Steele l'était? Elle n'en avait pas la moindre idée, et cela l'ennuyait au plus haut point.

Elle glissa sa main dans sa poche pour caresser le carnet des doigts. Une fraction de seconde, elle regretta d'avoir appelé Chris, d'avoir voulu le rencontrer. Elle était impatiente de lire ce qu'Alana avait si soigneusement dissimulé. Puis elle se souvint de la panique de son amie et pensa qu'elle avait mieux à faire. Alana était dans l'embarras, peut-être même en danger. Elle avait cruellement besoin d'aide!

Mme Dentley sortait de la salle à manger quand Nancy referma la porte de la bibliothèque.

« Il ne vous manque rien ? demanda-t-elle en souriant.

— Tout est parfait, merci, lui assura Nancy. Je serai absente une heure ou deux. Si mon père téléphone, dites-lui que je le rappellerai dès mon retour.

— Avec plaisir. »

Le sourire de Mme Dentley s'évanouit.

« J'espère que vous retrouverez Alana, murmura-t-elle.

— Je ferai de mon mieux », lui promit Nancy, un peu honteuse de ne pas lui parler du coup de fil qu'elle venait de recevoir.

Elle se précipita dans sa chambre pour prendre son sac à main, et y glisser le carnet.

Les rues de Victoria étaient jolies mais encombrées et, une fois qu'elle eut rejoint l'endroit choisi par Chris, l'attente lui parut plutôt agréable. Des paniers garnis de petites fleurs pendaient des vieux réverbères, et des massifs de géraniums et de pétunias formaient des taches de couleur vive de l'autre côté de la rue, là où se dressait l'hôtel Empire, un bâtiment couvert de lierre. Une carriole de touristes passa, et Nancy regarda sa montre. Chris était en retard. En fronçant les sourcils, elle se dirigea vers un téléphone public.

On ne répondit pas à son appartement. Elle revint donc vers le lieu de rendez-vous qu'ils s'étaient fixé. Quand une seconde carriole à chevaux apparut, Nancy eut un sombre pressentiment.

Elle se dit que Chris Harper l'avait piégée.

Elle appela une nouvelle fois chez lui, puis

reprit le chemin de la demeure des Steele. Ce fut un homme en uniforme qui lui ouvrit la porte, ce qui renforça ses soupçons.

« Nancy, où diable étiez-vous ? lui demanda M. Steele qui sortait de la bibliothèque, le visage assombri par la colère.

— Je devais voir Chris Harper, fit-elle, consciente qu'il n'en serait que plus mécontent.

— Que voulait-il ? Vous n'auriez pas dû lui faire confiance. »

Nancy acquiesça tristement.

En jetant un coup d'œil autour d'elle, elle aperçut des hommes qui allaient et venaient dans les couloirs.

« S'est-il passé quelque chose pendant mon absence ?

— J'en ai bien peur, intervint celui qui l'avait accueillie, avant que Clément Steele ait eu le temps de répondre. Vous êtes Nancy Drive ?

— Oui, dit Nancy qui sentit son cœur chavirer.

— Voulez-vous monter, s'il vous plaît, mademoiselle Drive, lui demanda-t-il. Vérifiez qu'il ne vous manque rien.

— Quelque chose a disparu ?

— Quelqu'un est entré par effraction, lui expliqua M. Steele.

— Vous voulcz dire qu'il y a eu un cambriolage ici ? fit Nancy, n'en croyant pas ses oreilles.

— Nous ne sommes pas certains qu'on ait emporté quoi que ce soit, poursuivit Clément Steele. Du moins, il semble qu'il ne manque rien. »

Nancy chercha à avoir plus de détails, mais son hôte s'était de nouveau éclipsé dans la bibliothèque, et avait refermé la porte derrière lui. Nancy suivit l'officier de police au premier étage. Comme sa chambre était à l'autre bout du couloir, ils passèrent devant celle d'Alana.

« Une domestique m'a dit que vous y étiez venue, lui déclara l'inspecteur. Pensez-vous être en mesure de nous indiquer toute éventuelle disparition ?

— Dans la chambre d'Alana ? » fit Nancy qui poussa un cri lorsqu'il ouvrit la porte.

La pièce était sens dessus dessous. Chaque tiroir avait été vidé, chaque livre jeté à bas de l'étagère, créant un désordre indescriptible.

« Pouvez-vous nous aider ? » insista le policier.

Nancy se contenta de hocher la tête.

« J'y suis restée peu de temps, et je n'ai pas remarqué... Les seuls objets dont je me souvienne sont un ours polaire en ivoire sur un coin du bureau et le réveil ouvragé sur la commode. Je vois qu'ils sont encore là.

— Pour l'instant, nous n'avons constaté aucun vol.

— Avez-vous une idée de ce qu'on est venu prendre ? » demanda Nancy.

Il fit non de la tête. Ils laissèrent la pagaille derrière eux et se rendirent chez Nancy. Celle-ci se sentit défaillir quand elle jeta un coup d'œil à l'intérieur. Elle avait apporté peu de chose, mais il était visible que tout avait été fouillé.

« Que cherchaient-ils dans vos affaires ? » s'enquit l'officier de police.

Les doigts de Nancy se crispèrent sur son sac à main. Elle ne pouvait pas toucher le carnet qui s'y trouvait, mais elle savait qu'il était là.

« Ce qu'ils n'ont pas trouvé dans la chambre d'Alana, répondit-elle le plus calmement possible. Où étaient les domestiques à ce moment-là ?

— Dans la cuisine et la salle à manger, d'après la gouvernante. Elles préparaient le dîner, ajouta-t-il en souriant. Et il n'y a pas eu le moindre signe d'effraction, mademoiselle Drive. Ceux qui ont fait ça avaient les clefs de la maison, ou bien ils ont été aidés par quelqu'un de l'intérieur. Vous manque-t-il quelque chose ?» répéta-t-il après un moment de silence.

Nancy vérifia que tout était là puis hocha le tête en un signe négatif.

«Ne devrions-nous pas redescendre et avoir une conversation avec M. Steele ?»

La jeune détective frotta à nouveau le bord de son sac, certaine que les voleurs étaient à la recherche de ce carnet. Mais pourquoi ? Que contenait-il qui pût pousser quelqu'un à procéder à une fouille aussi systématique ? Il faudrait le remettre à la police, mais elle ne pouvait résister à l'envie de le lire d'abord.

«Vous voyez ce que vous avez fait, grogna M. Steele quand Nancy pénétra dans la bibliothèque.

— Ce que j'ai fait ? s'étonna-t-elle. Je ne comprends pas.

— Vous l'avez laissé entrer, n'est-ce pas ? Vous avez appelé ce Chris Harper et vous l'avez aidé à venir fouiner partout.

— Mais ce n'est pas vrai ! protesta Nancy. Je vous ai dit que j'avais rendez-vous avec lui près de l'hôtel Empire. Il ne m'y a pas rejointe, mais je ne suis pas sûre qu'il soit coupable de...

— C'est lui qui est derrière tout ça. Si Alana a des ennuis, c'est sa faute. Je n'ai jamais eu confiance en lui.»

La sonnerie du téléphone l'empêcha de poursuivre sa diatribe. L'inspecteur décrocha. Il parla doucement, puis écouta, le visage grave. Quand il posa le récepteur, il se tourna vers Nancy.

« Quand avez-vous parlé à Chris Harper ? » demanda-t-il.

Nancy n'eut aucune peine à lui répondre, puisqu'elle avait regardé sa montre juste après leur conversation.

« Pourquoi ?

— Chris Harper n'est pas responsable de ce qui s'est passé ici, fit tranquillement l'officier de police. Il n'est pas venu au rendez-vous parce qu'on était en train de le transporter à l'hôpital.

— Quoi ? s'exclama Nancy, éberluée. Comment va-t-il ?

— Il a un traumastisme et quelques blessures mineures. Peu après avoir quitté son appartement, il a été renversé par un automobiliste qui s'est enfui aussitôt. »

Chapitre 7

La détective insaisissable

« Un automobiliste qui s'est enfui ? s'exclama la jeune fille. Mais...

— Harper a eu un accident ? »

M. Steele n'avait pas l'air très convaincu.

« Il a été renversé, rétorqua l'inspecteur. Mais ce n'était certainement pas un accident.

— Vous voulez dire qu'on l'a blessé intentionnellement ? »

Nancy était écœurée, mais non surprise.

« Il y avait deux témoins, et leurs déclarations concordent. Le véhicule était garé à un angle, et le moteur tournait depuis un certain temps. Quand Harper est sorti de son immeuble, la voiture a démarré et foncé droit sur lui. D'après les deux témoins, Harper l'a vue et a essayé de l'éviter. Le conducteur l'a pris en chasse et l'a heurté avant la sortie du virage.»

Nancy frissonna.

«C'est épouvantable.

— Il a eu beaucoup de chance de s'en tirer sans trop de mal», ajouta l'inspecteur. Puis il se tourna vers M. Steele. «A présent, monsieur, je souhaiterais que vous m'expliquiez pourquoi vous étiez tellement certain que c'était Chris Harper qui avait mis à sac la chambre de votre nièce.»

Nancy était sur le point d'intervenir quand l'officier de police l'en empêcha.

«Si vous voulez bien nous excuser, mademoiselle Drive», dit-il.

Nancy hésita quelques secondes avant de déclarer :

«Si cela ne vous ennuie pas, monsieur Steele, j'aimerais bien essayer de joindre mon père.

— Il nous est très facile, ma chère petite, répondit-il, de bavarder avec Monsieur dans l'autre pièce. Vous avez dû avoir un choc terrible. Quand je vous ai invitée ici, j'ignorais naturellement que je vous exposerais à tous ces désagréments.»

Les deux hommes laissèrent Nancy seule dans la bibliothèque, après en avoir fermé la porte.

Elle ne téléphona pas immédiatement. Il lui fallait d'abord mettre de l'ordre dans ses idées. Tout s'était passé si vite qu'elle avait à peine eu le temps de réfléchir. Elle avait besoin des conseils de son père.

En décrochant l'appareil, elle eut un doute. Si cette voiture avait attendu Chris, cela signifiait que le conducteur savait qu'il allait sortir. Et celui qui avait fouillé la maison, quel qu'il soit, était au courant qu'elle serait également absente. Elle comprit soudain pourquoi Chris Harper s'était montré si réticent à parler de quoi que ce soit au téléphone. Il devait soupçonner que sa ligne ou celle des Steele était sur table d'écoute.

Nancy examina rapidement le poste et ne trouva rien d'anormal. Elle composa de nouveau le numéro de l'hôtel de Seattle. Elle ferait attention à ce qu'elle dirait. Plus tard, elle contacterait son père en l'appelant d'une cabine publique.

«Je suis désolé, mademoiselle Drive, lui dit l'employé de la réception. M. Drive n'est toujours pas passé prendre ses messages. Désirez-vous les vôtres?

— S'il vous plaît», répondit Alice, déçue.

Elle se demanda si elle devait essayer de joindre son père chez Hélène Haggler.

«Oh! mais attendez, M. Drive vous a appelée! s'exclama le réceptionniste. Il m'a donné un numéro à Victoria. Avez-vous un stylo?»

Nancy le nota, et remercia son interlocuteur avant de composer le nouveau numéro.

«L'hôtel Crilton, fit une voix aimable.

— Ah... Avez-vous un certain James Drive sur vos registres? demanda Nancy, trop étonnée pour avoir les idées claires.

— Oui, madame, lui fut-il répondu après un long silence. Un James Drive et une Nancy Drive.» Il y eut une seconde pause. «Nous avons des réservations à ces deux noms, reprit la voix, mais aucun n'est encore venu confirmer. Voulez-vous laisser un message?

— Je suis Nancy Drive. De quand datent ces réservations?

— De cet après-midi. Passerez-vous bientôt à la réception, mademoiselle Drive?

— Oui, bien entendu. Je serai là dans une heure environ. Si mon père arrive avant moi, dites-lui de m'attendre. »

Son ébahissement fit place à un certain soulagement à l'idée de s'asseoir auprès de son père et de tout lui raconter.

Mais après avoir raccroché, elle demeura immobile, songeuse. Pourquoi James Drive viendrait-il à Victoria ? Y avait-il un rapport quelconque avec l'affaire Haggler ? Et, plus étrange encore, pourquoi ne l'avait-il pas prévenue ? Pourquoi avoir laissé un message à l'hôtel de Seattle ?

On frappa à la porte. Elle réfléchit de nouveau à la situation présente. Puis elle se leva d'un bond tandis que M. Steele pénétrait dans la pièce.

« Avez-vous obtenu votre père ?

— Non, répondit-elle. Il semble qu'il soit en route pour Victoria. Il nous a retenu des chambres à l'hôtel Crilton.

— Alors vous ne resterez pas ici ? »

Cela ne paraissait pas émouvoir Clément Steele outre mesure.

« Vous êtes gentil, mais non. Les policiers sont-ils toujours ici ? Je leur dirai où me joindre à partir de maintenant.

— Ils viennent de partir, mais je leur transmettrai votre message s'ils reviennent ce soir. »

Nancy pensa au carnet dans son sac, et se sentit soulagée. Elle n'avait nullement l'intention de le remettre à M. Steele, ayant toujours le sentiment qu'il cachait quelque chose.

« Si vous voulez bien m'excuser, je vais faire mes valises, dit-elle.

— Me ferez-vous, votre père et vous, l'honneur d'être mes hôtes ce soir? demanda M. Steele, la prenant au dépourvu. En fait, ce sera une consultation professionnelle, si M. Drive accepte de me représenter, cette fois.

— Je suis désolée, dit Nancy, mais je ne peux pas vous répondre à sa place, monsieur Steele. Je ne suis même pas certaine qu'il sera à Victoria. Il n'était pas arrivé à l'hôtel quand j'ai appelé.»

Clément Steele hocha la tête.

«Eh bien, ayez la gentillesse de lui en parler quand vous le verrez. Qu'il me téléphone!

— O.K.»

Nancy s'avança vers la porte, soudain impatiente de quitter cette maison.

«C'est pour la sécurité d'Alana, ajouta-t-il en lui barrant le passage. Plus longtemps elle sera absente, plus elle aura d'ennuis quand elle reviendra. La galerie a ses avocats, mais je préfère m'adresser à quelqu'un d'autre pour la défendre.

— Je suis sûre que mon père sera ravi de l'aider, déclara Nancy. Le plus important, c'est de la retrouver.»

Elle hésita un instant, puis lui parla du coup de fil qu'elle avait reçu, se contentant de lui révéler qu'Alana lui avait conseillé de quitter la ville.

Clément Steele prit un air pensif.

«Elle a peut-être raison, Nancy. Je n'ai aucun droit de vous demander de rester ici et de vous mettre en danger. Quand j'ai appris ce qui était advenu de Harper, je me suis rendu compte que tout cela était risqué. Je comprendrais que votre père insiste pour que vous rentriez à Seattle.

— Je n'irai nulle part, se récria Nancy d'un

ton ferme. Alana m'a fait venir ici parce qu'elle avait besoin d'aide, quoi qu'elle en dise.

— Elle ne vous a pas indiqué où elle était ?

— Je ne crois pas que ce soit elle qui ait téléphoné, pensa-t-elle tout haut.

— Qu'est-ce que cela signifie ?

— La femme de chambre m'a prévenue qu'un monsieur était en ligne mais, quand j'ai répondu, c'était Alana.

— Qui serait donc avec elle ? murmura Clément Steele.

— Je voulais savoir ce que Chris Harper en pensait, admit Nancy. Et vous, n'en avez-vous aucune idée ? »

M. Steele hocha négativement la tête, mais ses yeux fuyaient, comme s'il avait honte, le regard de Nancy. Elle soupira et s'avança de nouveau vers la porte. Il ne fit rien pour la retenir.

Il lui fallut peu de temps pour faire ses bagages, malgré le soin qu'elle prit de vérifier chaque chose dans la pièce saccagée. Elle était contente de s'en aller, mais elle avait l'impression d'abandonner Alana qui ne saurait plus où la joindre.

Après avoir laissé son numéro de téléphone à M. Steele et aux domestiques, elle partit. En traversant la ville, elle s'aperçut qu'elle avait faim, après cette journée riche en rebondissements. Elle se précipita en direction du vieil hôtel, impatiente de voir son père, de dîner avec lui et de discuter à la fois de l'affaire Haggler et de la mystérieuse disparition d'Alana.

Le réceptionniste lui donna des nouvelles plutôt négatives.

« Votre père ne s'est pas encore présenté, mademoiselle Drive.

— Y a-t-il eu des coups de fil ou des messages ? »

L'homme vérifia, mais il n'y avait rien pour elle.

Découragée, la jeune fille prit sa clef et monta dans la jolie chambre qui l'attendait. Cinq minutes plus tard, elle appela la réception pour demander le menu et se faire servir le dîner. Elle se sentait de plus en plus mal à l'aise, certaine qu'il se passait quelque chose d'anormal. Elle ouvrit son carnet d'adresses et composa le numéro d'Hélène Haggler.

« Ah, Nancy, comment allez-vous ?

— Un peu inquiète, mademoiselle Haggler, reconnut-elle. Je n'ai pas réussi à joindre mon père de la journée. Si vous pouviez m'indiquer à quelle heure il est parti de chez vous aujourd'hui...

— Pardon ? l'interrompit Mlle Haggler, surprise. Je pensais que vous m'appeliez pour fixer un autre rendez-vous.

— Un autre rendez-vous ?

— Oui. J'ai moi-même essayé de le contacter, poursuivit-elle, visiblement ennuyée. Ça ne ressemble pas à votre père, vous savez.

— Mais il était parti vous voir, insista Nancy. Il a quitté notre hôtel tôt ce matin.

— Vous en êtes sûre ?

— Naturellement. Il voulait vous entretenir de votre changement de décision. Il n'est donc jamais arrivé chez vous ? »

Nancy fut parcourue d'un frisson d'angoisse.

« Je suis restée ici toute la journée, répondit Hélène Haggler. Il n'est pas venu, il n'a pas téléphoné. Vous êtes sans nouvelles de lui ?

— Non... enfin, rectifia Nancy. Je suis à Victoria. »

Elle lui expliqua comment elle s'était retrouvée à l'hôtel Crilton.

« Eh bien, quand vous le verrez, vous lui demanderez de m'appeler, n'est-ce pas ? Même tard !

— Je n'y manquerai pas », promit Nancy.

En prononçant ces mots, elle craignit que la disparition de son père ne s'explique autrement que par une série de rendez-vous manqués et de projets contrariés.

Chapitre 8

Un cruel marché

Quand le dîner fut servi, Nancy avait l'appétit coupé. Elle mangea tout de même en espérant que ce repas dissiperait la peur qui la rongeait. Elle terminait son dessert quand le téléphone sonna. Nancy sursauta au point d'en lâcher sa fourchette.

« Mademoiselle Nancy Drive ? »

C'était une voix masculine, inconnue.

« Ellc-mêmc.

— Jc vous appcllc au sujct dc votre père.

— Où est-il ? Qui êtes-vous ? Que se passe-t-il ? »

Les questions s'enchaînèrent avec une rapidité incroyable.

« Il est avec moi, répondit-on froidement.

— Qu'est-ce que cela signifie ?

— Tout ce que vous devez savoir, c'est que James Drive est entre mes mains et que, si vous tenez à le revoir, il vous faudra dénicher Alana Steele.

— Mais je ne sais pas où elle est, protesta Nancy. J'ai essayé de le découvrir, en vain.

— Si vous voulez revoir votre père, vous savez ce qu'il vous reste à faire, fit l'homme durement.

— Comment puis-je être certaine que vous le détenez? remarqua Alice, en maîtrisant sa peur par un effort de volonté.

— Ecoutez!» lui ordonna son interlocuteur.

Nancy allait objecter quand, après un déclic, elle entendit la voix de son père.

«Nancy, je vais bien. Je suis retenu... dans un endroit et l'on prendra soin de moi tant que tu n'auras pas pris contact avec les autorités ou avec quelqu'un d'autre. N'essaie pas de me retrouver. Fais ce qu'ils te diront.»

La bande magnétique se termina par un second déclic.

«Papa! gémit Nancy qui aurait tant aimé lui parler.

— Si vous tenez à votre père, cherchez Alana Steele, lui répéta-t-on d'un ton glacial.

— Mais j'ignore où elle est, se lamenta Nancy, au bord des larmes, complètement désespérée.

— Vous êtes détective. Débrouillez-vous!»

Cette menace fut suivie d'un petit rire cruel.

«Et souvenez-vous de ce que James Drive vous a conseillé au sujet de la police. Si vous la contactez, vous ne le reverrez jamais.»

La communication prit fin brutalement.

Elle resta un moment sans bouger, paniquée. Des larmes coulaient le long de ses joues. Son cœur battait la chamade. Elle se rappela la voix de son père, calme, forte, inébranlable. Elle ferma les paupières, et tenta de reprendre courage, de ranimer son propre optimisme.

Alana était la clef de toute l'affaire. Mais de quelle façon? Qui tenait à la capture d'Alana au point d'enlever James Drive? Et pourquoi? Une seule explication lui vint à l'esprit : la sculpture volée, *La Toundra.*

Suivant son raisonnement, Nancy prit son sac à main et sortit le carnet qu'elle avait trouvé dans la chambre de son amie. Il lui était à présent plus facile de croire que l'on avait voulu nuire à Chris Harper avant de s'introduire dans la demeure des Steele.

«Que savait donc Alana qui la rendait si précieuse?» murmura-t-elle en ouvrant le calepin.

La première partie n'était qu'un catalogue des incrustations de *La Toundra.* Des pages et des pages répertoriant les diverses positions des caribous, des loups, des ours et des minuscules personnages qui peuplaient cet univers créé de main d'homme. Nancy les passa en revue, et remarqua que plusieurs d'entre eux étaient précédés d'un astérisque.

Elle se demandait ce que cela pouvait bien signifier lorsqu'elle posa les yeux sur une note qui se trouvait à la fin de la liste.

«J'ai distingué certains motifs qui ne me semblent pas inconnus, avait écrit Alana. Si seulement je parvenais à me rappeler où j'en ai vu de semblables.»

La suite du carnet était consacrée à l'examen de la sculpture dans sa globalité. Il y avait des commentaires sur le propriétaire, Franklin Cole, et sur sa collection d'art esquimau qui ne se limitait pas à cette unique pièce. Ce ne fut que dans les dernières pages qu'elle prit connaissance de la partie la plus intéressante de la recherche qu'Alana avait menée, avant d'en transcrire les résultats :

La Toundra a fait longtemps partie d'une légende. Elle est censée être la clef de la mystérieuse disparition des précieux ivoires de Seal Bay, une petite localité qui, disait-on, était la patrie des graveurs esquimaux les plus talentueux du monde.

Ces artistes refusaient de vendre leurs œuvres, affirmant qu'elles servaient à la pratique de leur culte. La communauté connut des temps difficiles. Sa politique de refus n'évolua pourtant pas, et les collectionneurs abandonnèrent la partie, tous sauf un. Franklin Cole continua à exercer des pressions sur ces gens qui mouraient de faim.

A cette époque, toujours d'après la légende, Qinggog, le plus doué de ces sculpteurs, rassembla toutes ses créations pour les cacher dans la nature sauvage. La seule pièce qui restait était son chef-d'œuvre, La Toundra. *Il refusait de la vendre.*

La période des vaches maigres se poursuivit, surtout à cause des manœuvres de Cole, et les villageois décidèrent de lui céder la sculpture contre la promesse de ne plus remettre les pieds à Seal Bay.

L'histoire se termine sur la fureur du graveur qui maudit le village et ne voulut jamais restituer les trésors cachés, puisque l'on avait vendu son chef-d'œuvre à l'homme qu'il considérait comme l'ennemi de la communauté.

Le récit s'arrêtait là, et Nancy resta pensive. C'était passionnant, mais elle ne voyait pas le rapport entre cette ancienne légende et ce qui se passait ici. Elle se replongea dans les premières pages, cherchant d'autres notes susceptibles de lui révéler ce qui pouvait donner tant de prix à ce carnet pour que quelqu'un ait fouillé la maison des Steele afin de le retrouver.

Il n'y avait rien. Les autres feuillets étaient vierges.

« Que veulent-ils ? » murmura-t-elle désappointée et elle jeta un regard circulaire sur cette chambre d'hôtel anonyme. « Quel est le lien entre ce calepin et le vol de *La Toundra ?* En quoi Alana est-elle impliquée dans l'affaire ? »

Le prix de la libération de James Drive était le retour d'Alana. Nancy n'avait aucune chance de se rapprocher de la solution de ce problème si elle restait là, les bras ballants. Mais par où commencer ?

« Chris ! »

Elle regarda sa montre. Elle avait l'impression qu'il était près de minuit alors qu'il n'était que sept heures du soir. Après avoir donné deux coups de téléphone, elle le localisa dans un hôpital du voisinage. Sans réfléchir plus longtemps, Nancy dissimula le carnet dans sa valise, puis elle prit son sac à main et ses clefs avant de se ruer dehors.

L'hôpital était en pleine effervescence. Les visites se terminaient, mais elle n'eut aucun mal à trouver la chambre de Chris. La porte était ouverte. Elle frappa quand même. Le visage du jeune homme n'était que contusions et bandages, mais son sourire semblait sincère.

« Nancy Drive, ça alors. Vous ici ? s'étonna-t-il.

— Eh bien, puisque vous ne vous êtes pas

rendu à notre rendez-vous, j'ai pensé venir vous parler, commença Nancy, se sentant soudain mal à l'aise, quelque peu déplacée.

— Vous feriez mieux de vous éloigner de moi, fit Chris d'un air sombre. Ou alors ne vous baladez pas dans les rues. Vous ne savez pas ce qui m'est arrivé?

— Qui vous a fait ça? Et pourquoi, Chris?»

Ce dernier se retourna dans son lit en évitant son regard.

«Comment le saurais-je? C'était un accident. Quelqu'un qui ne regardait pas où il allait... Je traversais au beau milieu de la rue. Rien qu'un accident.

— Ce n'est pas ce que le policier nous a dit.

— Quel policier? Quand?» Chris Harper cessa de se tortiller. «De quoi parlez-vous?

— Il y avait... Quelqu'un a pénétré dans la maison des Steele pendant que je vous attendais en ville. On a fouillé la chambre d'Alana et la mienne. Savez-vous ce qu'il cherchait?»

Leurs regards se croisèrent, et Nancy eut le sentiment que Chris prenait une décision.

«Probablement le carnet d'Alana, finit-il par lui avouer. Si elle ne l'avait pas sur elle quand elle a disparu.

— Pour quelle raison voudrait-on mettre la main dessus?»

Chris haussa les épaules.

«Je n'en ai pas la moindre idée. Pourquoi voler un objet d'art aussi impossible à vendre légalement et à exposer publiquement?

— Avez-vous vu ce calepin?»

Nancy se força à paraître naturelle pour que Chris ne mette pas fin à leur discussion.

«Tous les jours depuis que nous avons *La*

Toundra, répondit-il, elle a tout répertorié et fait des recherches sur son histoire. Elle était vraiment obsédée par cette sculpture.

— Mais savez-vous ce qu'il contenait ?

— Pas vraiment. Elle ne me l'a jamais montré. Pourquoi ?

— Alors pourquoi pensez-vous que quelqu'un le cherchait ? »

Le visage de Chris Harper se crispa.

« Je crois que vous devriez partir.

— Parlez-m'en, Chris ! cria Nancy, au bord du désespoir. Aidez-moi à retrouver Alana. Elle m'a appelée au secours, mais je suis impuissante si vous refusez de me renseigner.

— Demandez à son oncle où elle est, grogna-t-il. Ce n'était pas moi le complice, et je ne crois pas que ce soit Alana. Il ne reste donc plus que Clément Steele lui-même.

— Alors où se trouve-t-elle ? » insista Nancy.

Chris hocha la tête, puis grimaça.

« Allez-vous-en, Nancy Drive. Je ne peux pas vous aider.

— Parlez-moi au moins de ce que faisait Alana », répéta Nancy qui tentait de maîtriser sa peur et son impatience.

Il était plus facile de jouer les détectives quand il ne s'agissait que de démêler les fils d'une intrigue. Mais la sécurité de son père dépendait d'elle, ce qui rendait les choses beaucoup plus délicates.

« Y a-t-il un endroit où elle aurait pu se rendre ? Il me semble qu'elle a mentionné quelque chose comme l'*Oiseau de feu ?* »

Les yeux du garçon se tournèrent brusquement vers elle, mais Nancy n'y lut rien de plus que de la surprise.

« Elle n'irait pas là, dit-il.
— Pourquoi donc ? »
Il lui fallut beaucoup de sang-froid pour que sa voix ne tremble pas, et ne laisse transparaître qu'une simple curiosité.
« Ce refuge est complètement en ruine, à présent. Elle a dû vous parler d'autrefois, quand c'était un lieu très agréable. Ce n'est plus ouvert au public, autant que je sache. » Se rembrunissant, il ajouta : « Au fait, qu'est-ce qui vous y a fait penser ?
— Le nom, je suppose, répondit Nancy. Il m'a frappée. Il a quelque chose de spécial. Et ses amis, Chris ? Y a-t-il quelqu'un qui serait susceptible de la cacher ?
— Si vous avez eu une conversation avec elle cet après-midi, pourquoi ne vous l'a-t-elle pas dit ? fit Chris, soudain soupçonneux. Pourquoi est-ce si important pour vous ce soir ? »
Nancy hésita, brûlant d'envie de lui révéler la vérité, de partager ses craintes avec lui. Mais elle ne pouvait pas lui faire confiance. Tant que son père serait en danger, elle ne se fierait à personne.
« Alana m'a demandé de l'oublier et de quitter la ville avant qu'on ne s'en prenne à moi », répondit-elle sans chercher à mentir.
Le visage de Chris s'assombrit.
« Elle vous a donné un bon conseil, Nancy Drive, rétorqua-t-il. Continuez à poser des questions, et vous pourriez bien finir comme ça... ou pis ! »

Chapitre 9

Poursuite dans l'ombre

Nancy reprit son souffle mais, avant qu'elle ait pu prononcer un mot, une infirmière vint lui signaler qu'il était temps de partir. Elle murmura poliment quelques mots d'adieu, et frissonna quand Chris la regarda.

« Faites attention, la prévint-il. Ils ne plaisantent pas, Nancy. »

La nuit était devenue plus dense pendant qu'elle était au chevet de Chris Harper et, malgré les lumières et la foule sur le parking, Nancy se sentit très seule. Elle reprit sa voiture jusqu'à l'hôtel et fit un saut dans le hall pour demander où se trouvait le pavillon de l'*Oiseau de feu.*

« C'est situé en dehors de la ville, lui dit l'employé de la réception. Un endroit démodé. C'était très renommé jadis, mais les propriétaires ont connu une période difficile et je crois que, maintenant, c'est une sorte de pension de famille. Aviez-vous l'intention d'y aller?

— Je pense y trouver quelqu'un susceptible de nous aider, mon père et moi, dans une affaire que nous traitons en ce moment. J'aimerais avoir l'adresse et peut-être une carte de la région pour papa.

— M. Drive arrive ce soir? s'enquit le réceptionniste.

— Probablement pas avant une heure très tardive, fit Nancy, souhaitant au fond d'elle-même dire vrai. Je désire que vous lui gardiez sa chambre de toute façon, qu'elle soit prête à l'accueillir.»

L'homme acquiesça.

«Je vais vous chercher une carte du coin, et vous montrer où se trouve le pavillon.»

Deux secondes après, Nancy examinait le plan et écoutait attentivement les explications du réceptionniste, tout en se demandant si c'était vraiment important d'y aller. Chris n'avait pas semblé le penser. Pourtant Alana avait insinué qu'elle avait découvert le secret de *La Toundra* à l'*Oiseau de feu.* C'était le seul indice qu'elle possédât.

En montant dans l'ascenseur, elle décida de se rendre au pavillon le lendemain matin. Pour l'instant, elle était si fatiguée qu'elle faisait un effort pour arriver au bout du long couloir qui menait à sa chambre. Quelle journée interminable!

Et puis il y avait toujours ce carnet! Bien qu'elle l'ait déjà parcouru, elle n'était pas satisfaite. Peut-être quelque chose lui avait-il échappé. En soupirant, elle ouvrit sa porte et entra en appuyant sur l'interrupteur.

Elle poussa un cri d'horreur devant le spectacle qui l'attendait : le contenu de sa valise était éparpillé sur le sol.

«J'aurais dû la prendre avec moi», se reprocha Nancy en ramassant la veste dans laquelle elle avait caché le calepin.

Celui-ci avait naturellement disparu.

Des larmes de rage coulèrent le long de ses joues. Elle était furieuse au point de songer à prévenir les autorités, mais elle se souvint de la voix glaciale de son dernier correspondant. Elle savait qu'elle ne pouvait pas prendre un tel risque.

«D'accord, vous avez gagné cette manche, murmura-t-elle dans la chambre vide. Je découvrirai Alana et son secret. Ensuite, je récupérerai mon père et *La Toundra.*»

Ces courageuses paroles résonnèrent dans la pièce, ne faisant que souligner sa solitude. Nancy regarda autour d'elle, consciente qu'il était impossible de rester là.

Ses yeux se posèrent sur le plan qu'elle tenait encore à la main. Pourrait-elle trouver l'endroit de nuit ? Elle jeta un coup d'œil au téléphone, puis repoussa l'idée de s'en servir.

«J'espère que tu m'as laissé quelques indices, Alana», dit-elle en enfilant un chandail.

Puis elle s'apprêta à quitter l'hôtel.

Quand elle pénétra dans le hall, elle eut un moment d'hésitation. Un détail venait de la frapper. Pour que quelqu'un ait fouillé sa chambre, il fallait qu'il sache qu'elle ne s'y trouvait pas. La surveillait-on ? Elle observa l'entrée. Elle était déserte et calme. L'avait-on guettée dans le couloir ? C'était plus vraisemblable.

Nancy s'éloigna des ascenseurs, traversa le hall en direction de l'escalier. Elle le prit et sourit en arrivant du côté de l'accès situé à quelques mètres de sa voiture.

« Maintenant, il me suffit de dénicher le pavillon de l'*Oiseau de feu*, songea-t-elle. J'espère que le réceptionniste ne s'est pas trompé en dessinant le plan. »

La traversée de Victoria la reposa et lui donna le temps de réfléchir aux derniers événements de la journée. Mais ses déductions ne la menèrent pas loin. Chacun avait son petit secret : Alana, son oncle, Chris. Ils lui avaient tous demandé de les aider. Pourtant aucun ne lui avait révélé toute la vérité.

Et son père ? Pourquoi l'avoir enlevé ? Elle contempla la nuit à travers le pare-brise, fronçant les sourcils.

Ils se rapprochèrent d'abord, puis semblèrent maintenir la distance entre eux et la voiture de location qu'elle conduisait.

« Bon, bon, ils ont surveillé le véhicule et non le hall », murmura-t-elle en se demandant s'ils l'avaient aussi suivie à l'hôpital. Comment en être certaine, au milieu des embouteillages ?

Nancy ralentit en essayant de prendre une décision. Elle ne pouvait quand même pas les mener au pavillon.

Fallait-il retourner au Crilton ? Son cœur se brisait. Elle déplia le plan à côté d'elle, et l'examina à la lumière du tableau de bord. Il existait un grand nombre de routes dans le voisinage, et certaines se rejoignaient. Elle allait semer son poursuivant !

Nancy surveilla les panneaux de signalisation et, quand elle repéra celui qu'elle cherchait, elle tourna brusquement, éteignit ses phares et accéléra dans l'obscurité de la forêt. Il n'y avait plus de lumière derrière elle. Elle sentit la joie l'envahir. Puis deux lumières jaunes réapparurent.

Nancy ralluma ses feux de route, et appuya sur le champignon. Ce fut le début d'une course folle à travers bois. La voie était sinueuse, accidentée. La petite automobile cahotait sur les bosses. Ce fut un cauchemar d'arbres jaillissant de l'ombre et de crissements de pneus dès qu'il fallait négocier un virage caché.

Elle était toujours poursuivie et, de toute évidence, la voiture de location n'était pas assez puissante pour sortir vainqueur de ce duel.

La même pensée avait sans doute traversé l'esprit de l'autre conducteur. Ses phares devinrent de plus en plus puissants tandis que se rétrécissait l'écart entre les deux véhicules. Nancy regarda désespérément autour d'elle, cherchant une route perpendiculaire, n'importe quoi.

Mais l'obscurité était totale.

« Vous ne me tenez pas encore ! » cria-t-elle quand son poursuivant arriva à sa hauteur.

Elle tenta d'accélérer.

L'automobile qui la talonnait, plus grosse que la sienne, se rapprocha, la doubla pour lui barrer le passage, l'obliger à quitter la chaussée et à foncer sur les arbres.

Chapitre 10

Le secret du pavillon de l'*Oiseau de feu*

Terrifiée, Nancy agrippa le volant si fort que ses doigts blanchirent. Le conducteur de l'autre véhicule tourna brusquement. Nancy écrasa la pédale de frein, ce qui fit zigzaguer sa voiture, plus légère, tandis que son poursuivant filait devant elle et quittait la route en direction du bas-côté droit, traversant la zone boisée pour se retrouver dans une petite clairière.

En redressant le volant de toute son énergie, Nancy réussit à maintenir le cap jusqu'à ce que son automobile s'arrête. Ce fut alors qu'elle se préoccupa du sort de ceux qui étaient partis dans le décor.

Le silence de la nuit était troublé par le seul bruit des moteurs. Tandis que Nancy manœuvrait lentement, ses phares éclairèrent l'autre véhicule. Soulagée, elle fut saisie d'un fou rire nerveux.

La clairière était un endroit marécageux, et la voiture de ses poursuivants était embourbée jusqu'aux pare-chocs. Le conducteur faisait ronfler le moteur pour tâcher de dégager les roues qui patinaient.

Encore tremblante après cette épreuve, Nancy fit demi-tour. Dès qu'elle apercevait un panneau, elle s'arrêtait pour le lire, en vérifiant sa position sur la carte, jusqu'à ce qu'elle tombe sur une pancarte couverte de vigne vierge qui lui indiqua qu'elle se trouvait à trois kilomètres du pavillon de l'*Oiseau de feu.* Elle tourna sur une voie semée d'ornières.

« Etant donné la tournure qu'ont prise les événements, ce sera probablement fermé », murmura-t-elle d'un ton morose.

Le chemin n'était guère engageant, il y avait de l'herbe au milieu et les haies étaient si épaisses et si hautes qu'elles formaient une sorte de voûte, sombre et menaçante. Elle finit par en atteindre le bout où l'attendait une grande bâtisse éclairée.

Sans très bien savoir ce qu'elle allait raconter, Nancy se gara près d'une rangée de voitures et coupa le contact. Pour la première fois depuis qu'elle s'était aperçue qu'elle était suivie, elle se détendit un peu. Elle s'appuya au dossier de son siège, et rejeta ses cheveux en arrière.

La porte du pavillon s'ouvrit.

Au grand étonnement de Nancy, Alana Steele se tenait dans un halo de lumière. Comme dans un rêve, Nancy poussa sa portière et sortit, puis elle s'adossa à la carrosserie.

« Nancy, Nancy, c'est toi ? appela Alana. Comment nous as-tu trouvés ?

— Nous ? » fit Nancy, surprise.

Mais aussitôt un jeune homme surgit derrière son amie. Elle eut un frisson d'appréhension. Ce devait être lui qui avait téléphoné chez les Steele.

« Tu vas bien, Nancy ? s'écria Alana en courant vers elle.

— Apparemment oui, répliqua celle-ci. J'ai été prise en chasse par un autre véhicule. Ils ont essayé de me faire sortir de la route, mais ils ont terminé leur équipée dans un marais.

— Entre, je t'en prie, dit le compagnon d'Alana, adoptant spontanément le tutoiement ; ce qui n'empêchera pas de vous poser des questions toutes les deux. Je crois que ton amie a besoin d'un bon thé chaud ou d'un chocolat, Alana. »

Nancy acquiesça, laissant Alana lui prendre le bras pour monter les marches qui menaient à la grande pièce du bâtiment de bois. Elle ne prononça pas un mot avant d'être assise sur un vieux divan élimé, une tasse brûlante dans ses mains froides.

« Comment m'as-tu trouvée ? répéta Alana.

— Tu m'as parlé de l'*Oiseau de feu*, lui expliqua Nancy. La dernière fois que tu m'as téléphoné, tu as dit que tu avais trouvé le secret de *La Toundra* ici. Je ne savais pas dans quelle autre voie me diriger.

— Je t'ai appelée pour te conseiller de rentrer à Seattle, lui dit Alana.

— Je ne pouvais pas », répondit simplement Nancy.

Elle leva les yeux vers celui qui revenait du fond du pavillon avec une assiette de gâteaux au chocolat. Il était jeune, d'origine esquimaude. Son regard sombre et son sourire ne paraissaient pas hostiles.

« Voilà Ben Quinggog, fit Alana. C'est son grand-père qui est l'auteur de *La Toundra.* »

Nancy lui serra la main, sans se départir de son air inquiet.

« Je ne comprends pas, reconnut-elle. Pourquoi le pavillon de l'*Oiseau de feu* ?

— Quand j'ai dressé la liste des motifs de *La Toundra,* j'avais l'impression que j'en avais déjà vu certains, commença Alana. Cela m'obsédait. Le jour où tu m'as téléphoné, je me suis souvenue de l'endroit où je les avais aperçus. C'était ici. »

Elle désigna le manteau de la cheminée.

« Ici ? »

Nancy se leva et traversa la pièce en direction de l'énorme morceau de bois foncé par la fumée, qui était placé au-dessus de la construction de pierre. Dès qu'elle fut plus près, elle comprit ce que voulait dire Alana. Elle était devant une frise d'incrustations.

« Mes parents m'y avaient emmenée quand j'étais petite. Ils allaient voir l'oncle Clément, mais ces motifs sont la seule chose dont je me souvienne. Je les aimais tant !

— Ils sont superbes, murmura Nancy en effleurant l'un d'entre eux du bout des doigts. Mais je ne comprends toujours pas pourquoi c'était si important.

— Quand le pavillon de l'*Oiseau de feu* était ouvert aux touristes, cette pièce de bois était célèbre, dit Ben Quinggog qui s'était approché de Nancy. La vente de *La Toundra* par les villageois avait rendu mon grand-père furieux. A partir de ce moment il refusa de montrer ses œuvres mais son nom et son talent étaient toujours connus des collectionneurs. Or cette sculpture était la seule pièce encore visible. Les gens venaient voir ce manteau de cheminée et parlaient de la légende de *La Toundra.* »

Alana hocha la tête.

« Les propriétaires du pavillon avaient même un prospectus qui racontait l'histoire de l'œuvre et de son auteur. Quand je suis tombée sur cette brochure, j'ai compris toute l'affaire, j'ai su qui avait volé *La Toundra* et pourquoi. »

Nancy, sous le choc, fixa des yeux la petite brune.

« Tu sais qui a dérobé *La Toundra* ? » s'exclama-t-elle.

Le regard gris d'Alana s'illumina, et elle sourit.

« Quand j'ai découvert pourquoi on l'avait prise, il était facile d'en déduire le coupable, expliqua-t-elle.

— Mais pourquoi ne l'as-tu dit à personne ? s'étonna Nancy. La police vous soupçonne, toi et ton oncle. Et M. Steele est fou d'inquiétude à ton sujet. »

Nancy se souvint soudain de l'enregistrement de la voix de son père et de la menace qui l'accompagnait.

« Ce n'est pas aussi simple, Nancy.

— Que veux-tu dire ?

— Je me cache ici depuis que je me suis enfuie. Et je ne peux pas rentrer chez moi, pas plus que prévenir les autorités. »

Nancy était de plus en plus impatiente. Les questions s'enchaînaient, s'entremêlant.

« Enfuie d'où ? parvint-elle à demander.

— De chez Jasper Cole et Félix Borge, lui expliqua Alana.

— Cole? fit Nancy d'un air songeur.

— Le neveu du premier acheteur de *La Toundra*», ajouta Ben.

Alana acquiesça.

«Auparavant, ils étaient associés à Franklin Cole, poursuivit-elle. Des associés minoritaires, j'imagine, puisqu'ils avaient une bonne trentaine d'années tandis que Franklin Cole avait plus de soixante-dix ans quand il mourut. De toute façon, ils m'ont appris qu'ils s'occupaient de sa collection lorsqu'ils m'ont proposé des renseignements sur l'histoire de la sculpture.

— Ils sont venus te voir?»

Nancy commençait à comprendre les grandes lignes du récit d'Alana.

«A ce moment-là, je croyais qu'ils voulaient simplement m'aider, reconnut Alana tristement. Ils m'ont donné certaines informations. Je ne me rendais pas compte qu'ils m'en soutiraient tout autant.

— Quel genre d'informations?» demanda Nancy.

La physionomie de son amie s'assombrit.

«Peu importe. J'ai fini par saisir leur petit jeu. C'était lors de mon premier coup de fil. Je pensais que tu serais à même de m'aider. Mais il était déjà trop tard.

— Trop tard pour quoi?» s'enquit Nancy, songeuse.

Elle n'aimait pas le tour que prenait la conversation.

«Une heure après, j'étais kidnappée», répondit Alana simplement.

Chapitre 11

Sur les traces d'une légende

« Kidnappée ? »

Nancy fut parcourue d'un frisson devant la similitude entre l'aventure d'Alana et les problèmes de son père.

« J'ai été attirée hors de la maison par un coup de téléphone, et puis on m'a assommée alors que j'étais dans ma voiture, attendant la personne avec qui je devais parler de *La Toundra*, et, avant d'avoir eu le temps de dire ouf, je me suis réveillée dans la cale d'un vieux bateau. J'étais seule, du moins je crois, et je n'entendais rien. Il n'y avait pas de hublot et la porte était condamnée. J'avais un peu de nourriture et de l'eau. Je ne sais même pas combien de temps je suis restée enfermée.

«C'est épouvantable! dit Nancy en tremblant. Comment t'es-tu enfuie?»

Le jeune Esquimau esquissa un sourire timide.

«Je venais pêcher à l'aube presque tous les jours, intervint-il. J'avais remarqué le vieux bateau amarré près de l'île, et il avait éveillé ma curiosité. Le poisson ne mordait pas, alors je suis allé voir. J'ai entendu frapper contre la coque et appeler au secours. C'était Alana.

— Et tu l'as sauvée», conclut-elle d'un ton affirmatif. Nancy reprit espoir. Si l'on avait caché l'une des victimes dans une embarcation, pourquoi pas les deux?

«Où est ce bateau? demanda-t-elle. A qui appartient-il?»

Ben parut surpris.

«Je l'ignore.

— Tu ne sais pas où il se trouve?»

Il hocha négativement le tête.

«J'y suis retourné une fois qu'Alana était en sécurité ici avec mes amis. Mais il avait disparu.

— Ils ont dû partir à ma recherche, dit Alana en souriant. Ils ont été drôlement surpris de trouver la cabine vide.

— Ils? Tu sais qui est-ce?

— Cole et Borge, fit Alana sans la moindre hésitation.

— Si tu les connais, pourquoi n'es-tu pas allée les dénoncer à la police? s'étonna Nancy.

— Je peux pas faire ça à mon oncle Clément.

— Quel lien a-t-il avec tout cela?

— Quand je suis arrivée ici, la télévision et les journaux ne parlaient que du cambriolage. C'est ainsi que j'ai appris que les ravisseurs avaient exigé *La Toundra* comme rançon.»

Son sourire était triste à mourir.

« Oncle Clément la leur a donnée en échange de ma vie.

— Si c'est vrai, pourquoi ne pas prévenir les autorités ? Quand ils connaîtront toute l'histoire, on ne reprochera rien à ton oncle.

— Sans preuve ? fit Alana. Et tu t'imagines qu'ils me croiront ?

— Ben leur racontera comment il t'a retrouvée », lui rappela Nancy.

Alana réfléchit.

« Je ne pense pas qu'ils prêteraient foi à mes dires, répondit-elle. Et même si c'était le cas, aucun collectionneur ne ferait plus confiance à la galerie Steele. Mon oncle serait ruiné, par ma faute !

— Tu n'es quand même pas responsable de ton propre enlèvement ! protesta Nancy. De plus, cette histoire n'a pas de sens, Alana. Si ces hommes étaient les associés de Franklin Borge, pourquoi n'ont-ils pas acheté *La Toundra* à sa veuve ? Pourquoi la voler ?

— C'est l'un des morceaux du puzzle que Ben m'a apporté. Tu veux bien le lui expliquer ? »

Ben soupira.

« *La Toundra*, aussi belle soit-elle, a une valeur au-delà de la sienne propre. La légende est véridique. Le secret qui donne la position des trésors que mon grand-père a éloignés de Seal Bay est dissimulé dans cette sculpture. C'est pourquoi nos deux compères étaient si impatients de l'avoir entre leurs mains.

— Mais comment le savaient-ils ?

— Probablement par Franklin Cole, répondit Ben. J'imagine qu'il connaissait bien l'histoire puisqu'il en était à l'origine. C'est pour cela qu'il n'avait jamais voulu montrer *La Toundra*.

Je suppose qu'il espérait la déchiffrer, un jour ou l'autre.

— Mais il n'a pas réussi, n'est-ce pas? intervint Nancy.

— Non, et ses associés essaient de réaliser son rêve.

— Et toi, Ben, à quel moment entres-tu en scène?

— Je suis venu à Victoria pour les mêmes raisons, répondit-il. Ce que je désirais, c'était jeter un coup d'œil à *La Toundra* pendant qu'elle était exposée.

— Et tu possèdes le secret de la statue? demanda Nancy.

— D'après les anciens de Seal Bay, oui, poursuivit-il. Ils m'ont remis un message de mon grand-père, les mots qu'il a prononcés quand il a su qu'il allait mourir. Tu vois, il n'avait jamais révélé à personne où étaient cachés les trésors, mais il leur avait dit que *La Toundra* en était la clef. Malheureusement, tout cela ne signifiait rien pour moi. Je me suis rendu dans cette ville en espérant quc, si j'examinais bien *La Toundra*, je comprendrais le sens de ses paroles.

— Et maintenant elle a disparu et Ben n'aura plus l'occasion de la voir, ajouta Alana. Encore une fois, tout est ma faute, Nancy.

— Pensez-vous que Colc et Borge puissent découvrir le trésor, maintenant qu'ils ont *La Toundra*?» demanda Nancy.

Alana haussa les épaules, puis regarda Ben.

«J'en doute. Franklin Cole a eu des années pour l'étudier. Sans le secret que possédait mon grand-père, ce n'est qu'une superbe œuvre d'art, une concentration extraordinaire de sculptures.

— Je suppose qu'elles expliquent autre chose, suggéra Nancy.

— Que veux-tu dire ?» intervint Alana.

Nancy respira profondément, et leur parla de la disparition de son père et du coup de fil qu'elle avait reçu à l'hôtel.

« C'est moi qu'ils veulent ?» s'exclama Alana.

Nancy acquiesça.

« Ils ont l'air de penser que tu as déchiffré le message de la sculpture. »

Alana ferma les yeux, comme si elle avait mal.

« Ils ont tort, bien entendu.

— Mais mon père est entre leurs mains.

— Je ne pourrais même pas les aider à décoder quoi que ce soit, dit Ben.

— Qu'allons-nous faire ? s'inquiéta Alana. Je ne connais personne qui puisse nous être d'un quelconque secours. J'ai essayé d'appeler Chris pour qu'il prévienne mon oncle que je vais bien, mais son appartement ne répondait pas.

— Il est à l'hôpital, l'interrompit Nancy. De plus, je pense que sa ligne est sur table d'écoute. »

Elle lui relata brièvement l'accident de Chris et la fouille de sa chambre qui s'en était suivie. Ces nouvelles bouleversèrent Alana.

« Je sais comment ils sont entrés, déclara-t-elle tristement. Ils ont pris mes clefs quand ils m'ont enlevée. Mais pourquoi faire une chose pareille ? Pourquoi fouiller la maison ?

— De toute évidence, ils cherchaient ton carnet. »

Nancy lui expliqua alors comment elle l'avait trouvé.

« Mais il ne les aurait pas aidés à résoudre quoi que ce soit, protesta Alana.

— Je suis sûre que, maintenant, ils le savent, la rassura Nancy. Ils n'ont pas mis la main dessus la première fois, parce qu'il était dans mon sac mais, la seconde fois, ils ont réussi. Je l'ai laissé dans ma chambre quand je suis allée voir Chris.

— Ces gens doivent être rudement déçus à présent, conclut Ben. Je me demande pourquoi ils n'ont pas acheté la sculpture à la veuve de Franklin Cole. Elle la leur aurait certainement vendue puisque c'étaient les associés de son mari. »

Alana eut un léger haussement d'épaules.

« Je ne crois pas. Elle a été catégorique pour la vente de *La Toundra*. Elle a prévenu mon oncle Clément qu'elle ne la céderait qu'à quelqu'un qui en ferait profiter le public. J'ai l'impression que c'était un sujet de querelle entre elle et son mari depuis des années.

— Je suis surprise qu'ils n'aient pas fait faire de proposition par une tierce personne, déclara Nancy. Un achat quelque peu frauduleux aurait certainement été moins risqué qu'un vol qualifié, même si ton oncle a été forcé de les aider.

« Ils ont probablement essayé, dit Alana. Mme Cole lui avait demandé de vérifier chaque candidature avec le plus grand soin. »

Nancy soupira, découragée.

« Il faut les arrêter, fit-elle avec fermeté. Et récupérer papa !

— Mais comment ? » demanda Alana.

Le claquement d'une portière de voiture devant le pavillon l'interrompit.

« Et si c'étaient les hommes qui t'ont poursuivie tout à l'heure ? » s'inquiéta Ben, le regard tourné vers Nancy.

Elle eut un léger frisson. Il éteignit le plafonnier et s'avança vers la fenêtre sur la pointe des pieds. La lumière vacillante de l'âtre projetait des ombres fantastiques. Tous entendirent craquer des pas le long du porche.

Chapitre 12

Cernés par le danger

Nancy se leva d'un bond et rejoignit Ben près de la fenêtre. L'automobile était garée sur un emplacement éclairé par la lune, ce qui leur permit d'apercevoir les traces de boue à moitié séchées sur les côtés de la carrosserie.

« Ce sont eux, murmura-t-elle.

— Qu'allons-nous faire ? demanda Alana, angoissée.

— Vous deux, sortez par la porte de derrière, leur ordonna Ben. Ils ne me connaissent pas. C'est moi qui les recevrai.

— Nous resterons près de ma voiture, ajouta Nancy, au cas où nous devrions partir en vitesse. »

Nancy suivit Alana jusqu'au fond du vieux pavillon. Au bout du couloir, l'obscurité était si dense qu'elle ne voyait rien d'autre que le pâle reflet bleuté du chemisier de son amie. La bâtisse était déserte, et Alana s'y déplaçait avec assurance. Elles atteignirent une cuisine faiblement éclairée. Alana s'y arrêta un instant. Nancy se glissa à côté d'elle et jeta un coup d'œil par la fenêtre. Dehors tout était sombre, et de grands arbres touffus plongeaient la demeure dans une nuit noire. Pas le moindre mouvement apparent.

« Je crois que nous pouvons y aller », murmura-t-elle tandis qu'un bruit de martèlement provenait de l'autre bout du bâtiment.

Alane ouvrit la porte et les deux jeunes filles sortirent dans la fraîcheur de la nuit. On entendait toujours comme des coups de boutoir. Un homme cria pour qu'on le laisse entrer. Alice contourna l'angle de la maison.

« Que voulez-vous ? demanda Ben qui faisait de son mieux pour paraître à la fois furieux et ensommeillé.

— Nous sommes venus voir Nancy Drive, dit l'un des visiteurs.

— Il n'y a personne ici qui porte ce nom, répondit calmement Ben.

— Sa voiture est sur votre parking, grommela l'homme qui, visiblement, n'avait pas l'intention d'abandonner la partie.

— Je n'y peux rien. Elle n'est pas ici. »

Ben ne recula pas d'un pouce.

« Je ne vous crois pas.

— Je m'en fiche ! Maintenant, allez-vous-en. Tout ce bruit dérange les locataires. Nous... »

Ben fut interrompu par ce qui ressemblait fort à une bagarre. Une porte claqua. Nancy jeta un coup d'œil dans la salle de séjour, et aperçut les deux hommes et Ben dans l'entrée.

« Est-ce que ce sont Cole et Borge ? » demanda Nancy à voix basse.

Alana les examina avant de répondre.

« Je ne me souviens pas les avoir vus, mais il me semble reconnaître cette voix. Je l'ai entendue une fois où j'étais avec Cole et Borge en train de discuter de l'histoire de *La Toundra.* Je suis sûre que ces deux types travaillent pour eux.

— Ecartez-vous, gronda le plus grand des visiteurs en poussant Ben sur le côté. Nous trouverons cette fille ! »

Ben était sur le point de riposter quand il parut changer d'avis.

« Cherchez tant que vous voudrez, fit-il. Mais ne dérangez personne là-haut. Ils pourraient appeler la police pour se débarrasser de maraudeurs de votre espèce. »

Le second inconnu se mit à rire d'un air mauvais.

« Pas avec votre ligne téléphonique », railla-t-il.

Alana et Nancy étouffèrent un cri, et regardèrent autour d'elles. Une seconde leur suffit pour repérer les fils sectionnés.

« Qu'allons-nous faire, Nancy ? murmura Alana.

— Sortir d'ici, répondit Nancy. Viens. »

Elles quittèrent l'auvent de bois qui les abritait, et s'avancèrent à travers les arbres vers l'endroit où étaient garées les voitures. Nancy les observa et sourit.

« Et si nous dégonflions deux pneus sur chacune d'elles ? Excepté la mienne, bien entendu. »

Alana protesta avant d'éclater de rire.

« Même la mienne ? » demanda-t-elle.

Nancy réfléchit une fraction de seconde. Celle d'Alana était plus grosse et plus puissante.

« Les autorités doivent être à sa recherche.

Nous serons plus en sécurité dans celle que j'ai louée.

— Okay, Nancy.»

On entendit vociférer à l'intérieur du pavillon. Nancy leva les yeux vers les lueurs qui se déplaçaient derrière certaines fenêtres.

«J'espère qu'ils n'auront fait de mal à personne», murmura-t-elle, se sentant coupable d'avoir conduit les deux hommes vers le refuge.

«Ne t'inquiète pas pour les habitants de l'*Oiseau de feu*, la rassura Alana. Ils sont capables de se défendre. Ces deux-là pourraient bien se faire vider s'ils devenaient trop importuns.»

Les jeunes filles passèrent d'un véhicule à l'autre, laissant une série de pneus dégonflés derrière elles. Elles venaient d'en terminer avec la dernière automobile quand une forme noire se détacha dans l'obscurité.

«Qu'est-ce que vous faites? demanda Ben.

— Nous sommes en train de ralentir l'ennemi, répliqua Nancy.

— Pourquoi ne me laissez-vous pas finir cette besogne? poursuivit Ben en soulevant le capot de la grosse berline maculée de boue. Démarre, Nancy! Il faut que nous ayons quitté les lieux quand ils sortiront.»

Nancy suivit ses instructions. C'était la première fois qu'elle se sentait mieux depuis le coup de téléphone qui l'avait informée du sort de son père. Certes, elle n'avait guère avancé pour trouver une solution. Du moins avait-elle recueilli quelques renseignements et obtenu l'aide de Ben et d'Alana.

Elle fit demi-tour et s'engagea sur la route défoncée juste au moment où la porte du pavillon s'ouvrait tandis que les deux intrus sortaient en courant. Leurs hurlements parvinrent jusqu'aux oreilles des trois amis.

« Et ceux qui sont restés dans la maison ? s'inquiéta Nancy. Comment vont-ils se débrouiller sans moyens de locomotion et sans téléphone ?

— Quand ils seront prêts à partir, ils feront du stop jusqu'au port, et ils prendront leurs bateaux de pêche, dit Ben. Tes amis seront les seuls à y être coincés un bon moment !

— Quel dommage ! » fit Nancy en riant.

Alana soupira.

« Et maintenant, qu'allons-nous faire ? »

L'inquiétude submergea à nouveau Nancy.

« Je me le demande bien, fut-elle obligée de lui répondre.

— Je ne peux toujours pas prévenir la police, poursuivit Alana.

— De toute façon, c'est impossible tant que papa est entre leurs mains, lui rappela Nancy.

— Il nous faut un plan, déclara Ben. Un moyen de sortir M. Drive de là, Nancy, et d'obliger ces escrocs à renoncer à *La Toundra.* Si nous y parvenons, nous serons à même de tirer cette affaire au clair. »

Nancy acquiesça d'un signe de la tête.

« Cela me semble être la meilleure solution. Mais as-tu seulement une idée ?

— Pas la moindre.

— Et toi, Nancy ? » demanda Alana.

Celle-ci se mordit la lèvre.

« Je n'en ai pas non plus, avoua-t-elle. Je sais seulement que nous devons être très prudents. Je ne veux pas qu'on fasse de mal à mon père.

— N'y pense pas, la rassura Alana. Ils ne lui

feront rien tant qu'ils penseront pouvoir l'échanger contre moi.

— Jamais je n'accepterai une chose pareille, protesta Nancy. Tu le sais parfaitement. Peu importe ce qu'ils diront.

— Je crois qu'il nous faut résoudre un problème plus immédiat, les interrompit Ben.

— Lequel ? s'écria Nancy.

— Où allons-nous aller ? Ces deux individus ne bougeront pas de l'*Oiseau de feu* pendant un moment, mais une fois qu'ils seront sortis, ils fileront de nouveau à notre recherche, et je ne connais aucun endroit où cacher Alana.

— J'aimerais pouvoir aller chez mon oncle, déclara celle-ci, mais je suis certaine qu'il est surveillé et je ne veux plus lui attirer d'ennuis.

— Ecoutez, les ravisseurs ont eu la gentillesse de nous réserver deux chambres à l'hôtel Crilton. Si nous les utilisions ? proposa Nancy. Qu'en pensez-vous ?

— Rester dans cet hôtel ? firent en chœur Ben et Alana.

— Ils y ont exercé une surveillance très étroite mais, puisqu'ils m'ont suivie quand je l'ai quitté, il n'y a probablement plus personne là-bas.

— C'est fou ! s'écria Alana.

— Pourquoi ? rétorqua Nancy. Il faut bien que j'y aille pour qu'ils me contactent.

— Tu as raison, admit son amie. Je suis désolée, Nancy. Je suis tellement obnubilée par mes propres problèmes que j'en oublie ceux des autres.

— Ça n'a pas d'importance. Réfléchissez-y tous les deux. Je peux y pénétrer la première, prendre la clef de papa, puis aller à la porte de secours et vous faire entrer par là pour que l'on ne vous voie pas!»

Nancy leur sourit.

«Ça ne te vient pas à l'idée que ce sera le dernier endroit où l'on te cherchera, Alana?»

Ben et Alana se regardèrent, impuissants à changer le cours des événements.

«Je crains que nous n'ayons pas vraiment le choix, dit Alana. Je ne veux pas te faire courir de plus grands risques, Nancy. Ce qui vous est arrivé, à ton père et à toi, est entièrement de ma faute.

— C'est moi qui t'ai appelée, Alana, lui rappela la jeune détective.

— Mais c'est moi qui t'ai demandé de m'aider, répliqua Alana.

— Tu m'as aussi prévenue pour que je parte avant d'être mêlée à tout ça. De plus, j'ai l'impression que nous n'avons pas encore tous les éléments de l'affaire en notre possession.

— Que pourrait-il y avoir d'autre? s'étonna Ben.

— Mon père a été enlevé avant que j'arrive à Victoria, déclara Nancy. Il a quitté l'hôtel de Seattle plusieurs heures avant moi, et il n'est jamais parvenu chez Hélène Haggler.

— Haggler? fit Alana. Tu veux parler de ceux qui ont ces superbes boutiques d'objets d'art importés?

— Tu les connais donc?»

Nancy était quelque peu surprise.

«On ne peut pas s'intéresser au marché des œuvres d'art et ne pas connaître Haggler International, déclara Alana. Mlle Haggler a fait venir des pièces réellement fabuleuses et, de temps à autre, elle s'occupe d'objets esquimaux ou venant d'Amérique du Nord. Ce qu'il y a dans ses magasins ne provient pas uniquement du Japon, de Chine, d'Europe ou d'Amérique du Sud.

— Tu donnes l'impression d'avoir vérifié tout cela très soigneusement, la taquina Ben.

— Quand on a un oncle qui tient une galerie et qui mange, dort, respire par l'art, on est nécessairement en contact avec pas mal d'entreprises d'import-export, répondit Alana en riant. Ton père travaillait-il pour Mlle Haggler ?»

Nancy acquiesça d'un signe de la tête.

« C'est pour cela que nous étions à Seattle.

— J'aurais préféré que vous n'y soyez pas, intervint Alana qu'envahissait à nouveau l'inquiétude. Je voulais te voir, mais pas comme ça.

— Tout sera bientôt éclairci, la rassura Nancy en s'engageant dans le parking de l'hôtel. Et ensuite, nous serons plus tranquilles.

— Je t'emmènerai pêcher, toi et ton père, si cela vous fait plaisir», proposa Ben.

Nancy lui adressa un sourire reconnaissant, consciente qu'il essayait, lui aussi, de rester optimiste.

« Maintenant, dit-elle, restez tous les deux dans la voiture.» Et montrant du doigt une direction, elle ajouta : « Puis, comme si de rien n'était, dirigez-vous vers cette extrémité-là. La porte de secours se trouve juste au-delà de ce massif de fleurs. J'y serai dès que possible.

— Nous aussi, lui promit Ben. Fais bien attention.

— Après tout ce qui s'est passé, compte sur moi !»

Le hall était presque désert quand elle entra,

ce qui lui rappela la première fois qu'elle y était venue, à une heure tardive. Bien qu'elle ait gardé sa propre clef, elle se dirigea vers la réception. Ce n'était pas le même homme. Elle lui demanda simplement celle de James Drive, signant le registre à la place de son père.

« Oh, mademoiselle Drive, il y a des messages qui vous attendent, lui dit-il en lui tendant la clef.

— Des messages ? »

La gorge de Nancy se noua.

« Vous avez reçu plusieurs appels. »

Le réceptionniste lui remit une liste.

« Merci », dit Nancy.

Il n'y avait qu'un nom sur celle-ci, mais les appels se faisaient de plus en plus rapprochés. Hélène Haggler essayait désespérément de joindre James Drive. Elle voulait absolument qu'il la rappelle à n'importe quelle heure. Si elle n'avait pas de ses nouvelles au matin, elle contacterait la police !

Chapitre 13

Nancy gagne du temps

Nancy se dirigea vers les ascenseurs, puis hésita, se rappelant soudain ce qui était arrivé à Chris après leur conversation téléphonique. Les deux hommes étaient venus dans sa chambre d'hôtel. La disparition du carnet en était la preuve. Elle n'avait aucun moyen de savoir s'ils avaient mis sa ligne sur table d'écoute pendant son absence.

Elle s'avança vers les cabines publiques, en choisit une et s'y enferma pour contacter Hélène Haggler.

« Drive ? fit Mlle Haggler dès qu'elle eut accepté le préavis.

— Non, mademoiselle, c'est Nancy.

— Où est votre père ? Est-il arrivé ?

— Il est à Victoria, mais il n'est pas à l'hôtel.

— Lui avez-vous parlé ?

— J'ai eu de ses nouvelles, répondit Nancy en pesant ses mots pour éviter un trop gros mensonge, et tout de même dissimuler la réalité de la situation à son interlocutrice.

— Nancy, répondez-moi franchement, gronda Hélène. Avez-vous vu votre père ?

— Non. »

Nancy ne parvenait plus à cacher son désespoir.

« Il a été enlevé ?

— Enlevé ? répéta Nancy, la gorge serrée. Qu'est-ce qui vous fait penser une chose pareille, mademoiselle Haggler ?

— Il lui est arrivé quelque chose. »

Hélène Haggler semblait aussi lasse et découragée que l'était Nancy.

« Ils m'ont menacée, expliqua-t-elle. Ils m'ont sommée d'arrêter toute enquête ou d'en accepter les conséquences. Je m'attendais à un second incendie dans mes entrepôts ou à des problèmes de transport dans un port étranger. Jamais je n'aurais imaginé qu'ils frapperaient aussi près.

— Qui ? demanda Nancy qui retrouvait son sang-froid. De qui parlez-vous ?

— Je fais allusion à ceux qui se cachent derrière le Groupe des Investisseurs, bien entendu. Pourquoi croyez-vous que j'aie exigé que votre père suspende ses investigations ? J'essayais de gagner du temps afin de parfaire le système de sécurité de mes boutiques, de prévenir mes correspondants et mes acheteurs étrangers. Je voulais tendre un piège à mes adversaires.

— Est-ce de cela que vous désiriez discuter avec papa ? Lui en aviez-vous touché un mot ? poursuivit Nancy.

— J'allais le lui dire lors de notre entretien, répondit Hélène Haggler. Je ne raconte pas ce genre de choses au téléphone.

— Quelqu'un d'autre était-il au courant de vos projets ? reprit Nancy, brusquement très songeuse.

— Mon conseil d'administration. Il fallait bien les informer de cette nouvelle menace. Mais aucun d'eux ne me trahirait. »

Son ton était devenu dubitatif.

Nancy hésita un instant, l'esprit en ébullition.

« Où est votre père ? insista Mlle Haggler.

— Il est retenu quelque part, répondit Nancy, déterminée. Il est en sécurité tant que je n'appelle pas les autorités et que je suis les instructions de ses ravisseurs.

— Que veulent-ils ? Ma société ?

— Non, non, ça n'a rien à voir avec vous, lui assura Nancy. C'est tout à fait autre chose, une affaire sur laquelle je travaillais ici à Victoria. Je suis en train de m'arranger pour payer une rançon. Je vous en prie, mademoiselle Haggler, pour l'amour du ciel, ne faites rien qui puisse tout compromettre. Attendez, et il vous téléphonera lui-même.

— On ne peut pas négocier avec ces gens-là, la prévint Hélène Haggler. Ni leur faire confiance, Nancy. Vous avez besoin d'aide ?

— J'en ai, répliqua Nancy en déformant quelque peu la réalité. Des amis qui sont impliqués dans cette histoire. Tout ira bien. Je vous supplie de me croire. »

Il y eut un long silence. Nancy retenait son souffle, consciente que la sécurité de son père dépendait de la coopération d'Hélène Haggler. Cette dernière soupira.

« Je vous accorde jusqu'à demain soir, même heure, dit-elle. Si je n'ai pas de nouvelles de James, je signalerai sa disparition et je déclencherai une chasse à l'homme pour mettre cette bande d'escrocs hors d'état de nuire.

— Demain, à minuit, murmura Nancy, paupières closes, en priant silencieusement pour que ce délai soit suffisant. Je vous contacterai avant.

— Pas vous, Nancy, rectifia Mlle Haggler. Je veux entendre James d'abord. Compris ? Je me moque des autres affaires qu'il traite. Il devait venir chez moi et je me sens responsable de son enlèvement.

— Il vous appellera, lui promit Nancy en espérant ne pas se tromper.

— Faites attention, vous aussi, Nancy, poursuivit Mlle Haggler. Je sais quelle haute opinion votre père a de vos capacités, mais vous traversez une terrible épreuve. Si je peux vous être utile en quoi que ce soit, faites-le-moi savoir, jour et nuit.

— Merci de vous préoccuper de moi, fit Nancy.

— Sortez James de là.

— Je ferai de mon mieux. »

Nancy raccrocha le récepteur, à bout de force. Elle prit appui contre le métal froid de la cabine, puis elle se souvint que Ben et Alana l'attendaient. Malgré son épuisement, la soirée n'était pas terminée pour elle.

Elle emprunta l'ascenseur jusqu'à l'étage où se trouvait sa chambre, et traversa le couloir en direction de l'escalier. Quand elle y parvint, elle sortit un sparadrap de son sac et s'en servit pour empêcher la porte de se refermer. Cette issue de secours ne pouvait s'ouvrir que de l'intérieur lorsque l'on n'avait pas la clef. Quand elle fut certaine de pouvoir revenir, elle descendit les marches quatre à quatre jusqu'au rez-de-chaussée et ouvrit prudemment la porte de sortie.

«Où étais-tu passée? demanda Alana. Cela fait une éternité que nous t'attendons.

— Je suis désolée, mais j'avais encore un détail à régler, expliqua Nancy avant de leur parler du coup de fil de Mlle Haggler. Je ne pouvais pas prendre le risque qu'elle appelle Seattle, et je craignais que le téléphone de ma chambre ne soit sur table d'écoute.»

Alana hocha pensivement la tête.

«Personne d'autre ne doit savoir ce qui se passe.

— De toute façon, remontons pour ne pas être repérés, fit Nancy.

— Tu es vraiment très chic, intervint Ben.

— Malheureusement tu es toi aussi dans le coup, lui rappela Nancy. Après tout, *La Toundra*, c'est ton héritage.

— Et la découverte du trésor serait la chance de notre peuple, ajouta Ben. S'ils retrouvaient ces sculptures, ils en vendraient et en construiraient une école et tout ce dont ils ont besoin à Seal Bay. La communauté ne s'est jamais vraiment remise des dégâts causés par Cole quand il tentait de forcer les artistes à se défaire de leurs œuvres.

— Que veux-tu dire par là? demanda Nancy qui s'arrêta pour reprendre son souffle après sa course dans les escaliers.

— Il n'y a rien là-bas pour les jeunes. Je suis parti dès que je l'ai pu, comme la plupart d'entre nous. C'est une ville sans avenir si l'on ne réagit pas d'une manière ou d'une autre. Je crois que mon grand-père s'en était rendu compte et, à la fin, se sentait coupable. J'espère qu'il a confié son secret à quelqu'un d'autre que moi, quelqu'un qui saura résoudre l'énigme de *La Toundra.*

— Nous la résoudrons, lui assura Nancy qui se faisait plus confiante qu'elle ne l'était en réalité. Dès que nous l'aurons récupérée.

— Au moins toi tu as du punch! déclara Alana. Confiance!»

Ils attendirent que Nancy ait décollé le sparadrap puis ils la suivirent le long du couloir, jusqu'à sa chambre. Celle-ci remit à Ben la clef que lui avait donnée le réceptionniste.

«C'est là, dit-elle en lui indiquant la porte voisine de la sienne.

— Tu viens un peu avec nous? Peut-être à nous trois parviendrons-nous à trouver un plan.

— J'espère que vous avez des idées, fit Alana tandis que Nancy tournait la clef dans la serrure. Pour une fois, je m'en suis tirée juste à temps.»

Nancy lui saisit le bras.

«Qu'y a-t-il?

— Je suis certaine que j'avais fermé la lumière en partant», murmura Nancy en regardant autour d'elle.

Ce fut alors qu'elle aperçut le petit magnétophone qui les attendait, posé sur la commode.

Chapitre 14

Un code difficile à déchiffrer

« Laissez-moi vérifier, s'interposa Ben en passant devant les deux jeunes filles pour regarder dans la salle de bains et dans le placard. Il n'y a personne ici. Tu es vraiment sûre d'avoir éteint, Nancy ? »

Nancy fit oui de la tête.

« Ils sont venus, fit-elle. Pour effectuer une petite livraison.

— Qu'est-ce que tu veux dire ? » demanda Alana.

Nancy se dirigea vers la commode, et baissa les yeux vers le magnétophone.

« Ils ont apporté ceci, répondit-elle.

— Un message ? s'enquit Ben.

— Ou des instructions, suggéra Nancy.

— Pour quoi faire ? »

Alana avait pâli.

« Tu crois qu'ils savent que tu m'as retrouvée ? »

Nancy eut un geste d'acquiescement.

« Ta voiture est au pavillon, lui rappela-t-elle. Je suis sûre qu'ils l'ont vue après notre départ, même s'ils ne l'avaient pas remarquée avant.

— Qu'allons-nous faire ? demanda Ben.

— La seule façon de le savoir, c'est d'écouter ceci, dit Nancy. Asseyons-nous et reposons-nous. »

Ils s'installèrent dans la pièce, mais aucun des trois ne parvint vraiment à se décontracter. Nancy appuya sur une touche. Elle avait peur pour son père et pour ses amis.

« Nancy. »

C'était la voix de James Drive, et elle se sentit soulagée en l'entendant.

« J'ai expliqué à ces... messieurs qu'ils devaient te permettre de donner quelques coups de téléphone professionnels, concernant les différentes affaires qui me retenaient à Seattle, y compris les rendez-vous que j'ai manqués aujourd'hui ou que je manquerai demain.

« Tout ceci est capital pour mes clients et, s'ils ne parviennent pas à me joindre pour avoir une explication, plusieurs d'entre eux seront assez mécontents pour appeler la police et déclencher des recherches. Mes ravisseurs ne désirent nullement attirer sur eux les feux de l'actualité ! Je te donnerai donc une liste de clients, de numéros de téléphone et de messages à transmettre.

— Des clients ? murmura Nancy. Nous ne travaillions que sur une seule affaire, et j'ai déjà parlé à la personne concernée.

— Il est impératif, Nancy, continuait la voix

de James Drive, que tu mettes de l'huile dans les rouages et que tu les convainques que j'étudie leurs dossiers. Ne parle pas aux uns des autres. Que chacun pense que je me consacre exclusivement à lui ou à elle.»

Sa voix était douce, professionnelle, les instructions données aussi précieusement que si son père était installé derrière son bureau, en face d'elle. Ce qui était aberrant, c'était que ces clients et ces dossiers n'existaient pas.

La lecture de la liste dura plusieurs minutes, puis James Drive soupira :

«Si tu es capable de te débrouiller avec l'ACB de mes clients, nous progresserons sur la voie qui mène à ma libération. »

La bande se terminait là.

«Qu'est-ce qui ne va pas, Nancy?» demanda Alana.

La jeune détective hocha la tête pensivement, et se mit à rire, en rembobinant l'enregistrement.

«Rien, dit-elle. En fait, c'est excellent si j'arrive à en saisir le sens.

— Qu'y a-t-il à comprendre? fit Ben. Tout cela m'a semblé bien ordinaire.

— Oh oui! convint Nancy. Mais la plupart de ces dossiers n'existent que dans la tête de mon père ou dans notre histoire. Nous étions à Seattle pour régler l'affaire Haggler, point final!»

Alana se rembrunit une seconde, puis son visage s'illumina, et elle éclata de rire.

«Alors, c'est un code, n'est-ce pas?

— C'est un message, rectifia Nancy. En aucun cas un code facile à déchiffrer. De toute évidence, il n'a pas eu le temps de concocter un système précis. Il va falloir découvrir la signification de chaque nom, de chaque numéro, de chaque note. »

Ben siffla.

« Cela me paraît bien compliqué.

— C'est notre seule chance, déclara Nancy. Si je trouve ce que cela veut dire, je parie que nous saurons où on le garde prisonnier, qui le détient, et comment le secourir. »

Elle prit un petit carnet et un stylo dans son sac, et remit l'enregistrement.

« Il faut que je note tout ceci mot à mot. »

Le téléphone vint l'interrompre. Nancy arrêta le magnétophone et, après avoir jeté un coup d'œil nerveux à Ben et à Alana, elle décrocha le récepteur. Elle fit de son mieux pour donner une impression d'assurance qu'elle était loin d'éprouver.

« Nancy Drive ?

— Elle-même.

— Il était temps que vous reveniez. »

C'était la même voix que lors du premier appel.

« Vous m'aviez demandé de rctrouver Alana, répondit froidement Nancy. Je n'y parviendrai pas en restant tranquillement assise dans une chambre d'hôtel.

— Avez-vous réussi ? »

Le ton qu'il employa la fit frémir.

« Pas encore, dit Nancy. Je suis arrivée à localiser l'endroit où elle se cachait, mais je suis arrivée trop tard. Elle avait déjà changé de voiture et d'aspect. Elle s'était fabriqué une sorte de déguisement. »

Elle dut se mordre les lèvres pour ne pas rire devant l'expression peinte sur les visages de Ben et d'Alana.

« Il y avait quelqu'un dans votre automobile quand vous êtes partie », poursuivit son interlocuteur.

Il lui fit comprendre qu'ils avaient réussi à s'échapper du pavillon de l'*Oiseau de feu.*

« Celui qui l'a aidée, déclara Nancy, est un vieil ami d'Alana, et vos hommes lui ont fichu la trouille. Il faudra que je le persuade de me faire confiance, mais ce ne sera pas facile si vous me suivez partout, espèces de brutes ! »

Ben eut d'abord l'air vexé, sentiment qui se transforma vite en amusement.

« Vous me menacez, Nancy Drive ? demanda la voix.

— Je vous préviens simplement que je ne pourrai pas faire ce que vous désirez si vous continuez à me bloquer. Vous avez mon père, et vous savez que je suis prête à tout pour le tirer de là. Mais je ne parviendrai pas à dénicher Alana si vous la faites fuir avant que je l'atteigne. »

Il y eut un long silence à l'autre bout de la ligne. Nancy plaça sa main devant l'appareil, et respira profondément pour se calmer. La situation serait désespérée s'ils se rendaient compte qu'elle mentait. S'ils la croyaient, elle gagnerait du temps. C'était ce dont elle avait le plus besoin. Du temps pour réfléchir et pour examiner ce que son père avait essayé de lui dire sur cette bande magnétique. Tout s'était passé si vite jusque-là. Elle devait compter sur son intuition et sur ses réactions rapides. A présent, il lui fallait un plan d'action.

« Etes-vous certaine de la retrouver ?

— C'est nécessaire, répondit Nancy calmement. Pour la sécurité de mon père.

— Je suis content que vous ayez décidé de vous montrer coopérative, fit la voix, un peu moins coupante. Avez-vous écouté l'enregistrement ?

— Bien entendu. J'étais en train d'en prendre connaissance.

— Vous allez suivre les instructions de votre père ?

— Naturellement, pour qu'il ne soit pas en danger. Cependant, je ne pourrai rien faire avant demain matin.

— Pourquoi donc ? »

Le ton redevint soupçonneux.

« Parce que les avocats n'appellent pas leurs clients au beau milieu de la nuit, sauf en cas d'urgence, et je ne pense pas que vous souhaitiez leur mettre la puce à l'oreille. »

Il y eut de nouveau deux ou trois secondes de silence, puis un soupir.

« Je suppose que ça ira comme ça, à condition qu'ils n'aient pas signalé sa disparition avant votre coup de fil.

— J'y veillerai, le rassura Nancy.

— Et Alana Steele ?

— Ceci aussi devra attendre jusqu'à demain, répondit Nancy. Quand j'aurai de nouveau son ami au bout du fil, il faudra que je découvre où elle se cache. Mais cela prendra sans doute un certain temps.

— Vous n'en avez pas beaucoup, gronda son interlocuteur. Nous ne serons plus patients très longtemps.

— Je fais pourtant tout mon possible pour vous satisfaire. »

Nancy laissa transparaître son désespoir.

«Je vous en prie, ne faites aucun mal à mon père. Je me débrouillerai pour dénicher Alana.

— Nous resterons en contact.»

Il y eut un déclic. Nancy raccrocha l'appareil et ferma les paupières.

«Tu as été merveilleuse, Nancy, s'écria Alana.

— T'ont-ils crue? s'inquiéta Ben.

— Je le pense, fit Nancy. S'ils avaient su qu'Alana était avec moi, ils seraient déjà là!

— Qu'allons-nous faire maintenant? demanda Alana en bâillant.

— Dormir, répondit Nancy. Je vais noter ce que raconte cette bande magnétique, et attendre que la nuit me porte conseil. Pour l'instant, je suis incapable de déchiffrer quoi que ce soit.»

Ben se leva d'un bond.

«Frappez contre le mur si vous avez besoin de moi, dit-il, puis il sourit, les yeux lumineux. Je vous assure, je n'ai pas vraiment peur de ces fripouilles.

— Je suis désolée, s'excusa Nancy. Il m'a semblé qu'il valait mieux qu'ils te considèrent comme inoffensif.

— Je sais, la rassura-t-il. J'espère simplement que j'aurai l'occasion de leur montrer de quel bois je me chauffe.

— Je souhaite que nous l'ayons tous», conclut Nancy.

La jeune détective transcrivit l'enregistrement tandis qu'Alana se préparait à se coucher. Elle vérifia une dernière fois qu'elle avait bien tout noté, mais les mots dansaient devant ses yeux fatigués, et elle n'y voyait aucune signification particulière.

«Tu as l'air plus crevée que moi, la plaignit Alana.

— J'ai horreur de devoir renoncer, reconnut Nancy. Chaque minute compte pour papa. Il faut que je comprenne son message.

— Nancy, il y a quelque chose que je voudrais te dire. »

Le ton sérieux d'Alana attira l'attention de son amie.

« Oui ? demanda-t-elle.

— Voilà, si nous ne trouvons pas le moyen de les piéger, je veux que tu procèdes à l'échange. J'irai vers eux. Je suis incapable de les aider, mais s'ils libèrent ton père, cela en vaut la peine. C'est ma faute si vous êtes tous les deux dans le pétrin. Si je n'avais pas posé tant de questions sur *La Toundra*, rien de tout cela ne serait sans doute arrivé. »

Nancy prit Alana dans ses bras.

« Merci, Alana, dit-elle, mais jamais je n'accepterais une chose pareille.

— Je ne te le demande pas. Je t'informe que, moi, j'agirai ainsi, déclara fermement Alana.

— Ça ne marchera pas, la contredit doucement Nancy. Ne vois-tu pas qu'ils ne peuvent pas relâcher papa ? Il en sait beaucoup trop sur leur compte. »

Le visage d'Alana pâlit, et ses prunelles se dilatèrent d'horreur.

« Nous sommes son seul espoir », conclut Nancy.

Chapitre 15

Des fragments de message

Malgré l'heure tardive à laquelle elle s'était couchée, Nancy se réveilla peu après le lever du soleil. Alana dormait encore profondément. Elle s'avança vers la petite table devant la fenêtre et se mit à étudier les mots qu'elle avait notés.

Certains avaient une signification, mais trop de phrases ne ressemblaient pas à la façon de s'exprimer de James Drive. Elle souligna ce qui lui parut étrange.

Sous les feux de l'actualité. Mettre de l'huile dans les rouages. Tout le paragraphe où il lui enjoignait de ne pas parler aux uns des autres. Les noms, les numéros et les messages, à l'exception de celui d'Hélène Haggler et, en dernier lieu, le fait qu'il parle de l'ACB de ses clients.

Rien n'était là par hasard, elle en était persuadée, bien qu'il ait dicté tout le message d'un ton égal. En examinant le texte de près, elle sut qu'elle avait bien choisi ses phrases, mais il lui manquait la clef qui leur donnerait un sens. Elle tourna son attention vers les noms propres. *Mike Peterson.* Nancy sourit. Ce n'était évidemment pas un client, puisqu'il était son boy friend. *D'accord pour l'affaire Merritt.* Il y avait là quelque chose à décoder.

« Merritt, Merritt, murmura Nancy. L'île de Merritt », ajouta-t-elle d'une voix rauque.

Puis elle mit sa main devant sa bouche en regardant Alana. Son amie s'étira, gémit, et ne fit plus un mouvement.

L'île de Merritt se trouvait en Floride, et les parents de Mike y avaient une maison où Nancy était allée.

M. Defòe. Encore un nom connu, cette fois à cause d'une affaire antérieure. *Le cheval* Polka Dot *qui avait été enlevé a été retrouvé, et j'ai déposé une réclamation.* Nancy hocha la tête. Le *Polka Dot* était un bateau, pas un cheval.

« Bateau. Ile. De l'huile dans les rouages. »

Nancy se mit à rire doucement. C'était ainsi que son père lui indiquait qu'il était détenu sur une île. Mais laquelle ? Sa bonne humeur disparut aussitôt. *Les feux de l'actualité.* Un phare ? C'était logique.

Le nom suivant faisait référence à un dossier dans lequel son père avait dû partager un héritage entre trois demandeurs. Trois hommes. Etait-ce le nombre de ceux qui se trouvaient sur l'île ?

Le quatrième nom était celui d'Hélène Haggler, et son numéro était correct. Le message la surprit quand même un peu. *Nous avions vu juste. Dossier classé.* Fallait-il la prévenir ? Nancy décida que oui, et qu'elle appellerait Mlle Haggler pour lui transmettre le mot de son père. Avec un peu de chance, cela leur ferait gagner encore un peu de temps.

Le cinquième client lui rappela un cas d'escroquerie en matière d'objets d'art, dans lequel la pièce principale avait été sauvée à la dernière minute par une visite surprise dans la maison où celle-ci était cachée. Cela signifiait peut-être que *La Toundra* était au même endroit.

Nancy s'enfonça dans son fauteuil. Elle se sentait mieux. Encore un nom, et elle aurait toute une série d'indices à sa disposition. Pas encore de réponses, bien sûr, mais du moins son père lui aurait-il indiqué quelques pistes à suivre.

« Qu'est-ce qui te fait sourire ? demanda Alana, ramenant Nancy à la réalité. As-tu résolu le mystère de la bande magnétique ?

— Pas entièrement, convint Nancy. Mais tout cela commence à être cohérent.

— Qu'as-tu trouvé ? »

Alana se rapprocha aussitôt de la table.

Nancy lui montra ses notes, lui expliqua comment elle avait déterminé chaque indice. Alana l'écouta avec la plus grande attention.

« Et le dernier nom ? dit-elle.

— G. Reed, Cheyenne, Wyoming, lut Nancy. C'est quelqu'un qui existe. Je crois que je t'avais écrit quand j'y avais passé quelques jours pendant le Rodéo de la Nouvelle Frontière, n'est-ce pas ?

— Alors qu'est-ce que cela signifie ?

— *Il peut être difficile d'en manœuvrer quatre à la fois. Je vous suggère d'attendre avant de chercher un nouveau véhicule.* »

Nancy souligna, puis poussa un cri.

« La parade ! Il doit faire allusion à la parade.

— Et alors ? »

Alana avait l'air éberluée.

« J'étais dans une diligence folle. On avait effrayé les chevaux qui s'étaient emballés. »

Alana la regarda, curieuse d'entendre la suite.

Nancy contempla sa feuille, sûre de son interprétation, mais incapable de voir quel était le rapport entre une diligence folle et la dramatique situation dans laquelle se trouvait son père.

« Ça n'a aucun sens, n'est-ce pas ? finit-elle par admettre.

— Cela doit vouloir dire quelque chose, insista Alana. Ben nous aidera peut-être.

— Ben ? »

Nancy fut surprise de la proposition de son amie.

« Eh bien, si tu as correctement déchiffré le reste du texte, ton père et *La Toundra* sont prisonniers dans une île qui n'est pas très loin d'ici. »

Nancy acquiesça.

« Probablement une île avec un phare.

— Ben est pêcheur, et il s'est promené dans cette région une grande partie de son existence. Il sait sans doute de quel lieu il s'agit.

— Ce serait fantastique ! s'exclama Nancy. Habillons-nous, puis je commanderai le petit déjeuner pour nous tous à la réception, ajouta-t-elle en souriant. Je meurs de faim. Réfléchir me donne de l'appétit. »

Alana éclata de rire.

« Je ne me suis pas autant creusé les méninges que toi, mais je me sens capable de dévorer le menu tout entier.

— Non, la taquina Nancy. Sans lui, nous ne saurons pas quoi prendre. »

Leur humeur joyeuse fut perturbée par un puissant martèlement contre l'un des murs de la pièce.

« Du calme, là-bas, leur cria Ben à travers la paroi. On va penser que nous donnons une boum.

— C'est exactement ça, répondit Nancy, et tu es invité.

— J'arrive tout de suite. »

Ben les rejoignit aussitôt, un timide sourire illuminant son visage rond.

« J'ai l'impression que ça va mieux ce matin, dit-il à Nancy. Tu as déchiffré le code ?

— Pas entièrement, reconnut celle-ci, mais j'ai de nombreux indices à vous montrer après le petit déjeuner.

— Le petit déjeuner ? fit Ben d'un air désapprobateur. Nous ne pouvons pas sortir ensemble.

— Inutile, intervint Alana, j'ai tout commandé pour qu'on nous le monte dans la chambre. On doit certainement penser aux cuisines que huit personnes sont ici.

— Comme je suis censée être seule, vous allez nuire à ma réputation », fit remarquer Nancy en plaisantant.

Alana rit de bon cœur, jusqu'à ce qu'on vienne frapper à las porte.

Nancy leur fit signe de se dissimuler dans la salle de bains, et quand ses « invités » y furent entrés, elle ouvrit la porte qui donnait sur le couloir. Mais elle avait laissé la chaîne de sécurité le temps de s'assurer que personne n'accompagnait la femme de chambre. Les indices que lui avait donnés son père ne lui serviraient à rien si ses geôliers découvraient qu'Alana était avec elle.

Quand ils eurent fait un sort au copieux repas qu'on leur avait apporté, la joie de Nancy s'était transformée en impatience. Elle prit la liste et la tendit à Ben, lui en expliquant chaque détail. Il la relut plusieurs fois.

« Je ne connais aucune île utilisable par ces bandits et qui possède un phare, dit-il.

— Et une qui aurait un rapport avec une parade, un rodéo, des attelages, des chevaux, l'Ouest, une diligence ? insista Nancy.

— Une diligence, répéta Ben dont les yeux s'illuminèrent. L'île du Cocher. Ce n'est pas très grand, mais il y a une vieille demeure là-bas. Un millionnaire fou s'y est installé quelque temps ; il avait fait construire cette grande maison avec une tour qui ressemble à un phare ! s'exclama-t-il. Nancy, ce doit être ce que ton père a vu.

— Tu as trouvé, exulta Alana. Oh ! Nancy, tu as réussi !

— Avec l'aide de Ben, reconnut celle-ci, mais elle ne partageait pas la joie de son amie.

— Qu'est-ce qui ne va pas ? » demanda Ben.

Nancy haussa les épaules.

« Ce n'est pas ce que nous avons découvert, fit-elle, mais les autres indices. Si papa les a inclus dans la liste, c'est qu'ils ont une signification, et nous ne pouvons pas partir à sa recherche tant que je n'aurai pas compris ce qu'il essayait de dire. Cela reste un mystère. »

Chapitre 16

Derniers indices

« Comment peut-on t'aider, Nancy ? » demanda Ben, la forçant à détacher son esprit de ce puzzle.

Elle les regarda tous les deux, en essayant de raisonner avec cohérence.

« Vous ne pouvez pas rester ici », dit-elle.

Elle venait de se rappeler le danger qui les entourait.

« Les ravisseurs ont déjà visité deux fois ma chambre. Il n'y a aucune raison pour qu'ils ne recommencent pas.

— Mais où irons-nous ? » se lamenta Alana.

Nancy leva les yeux vers Ben.

« Elle a raison, Alana, murmura ce dernier. Ils viendront te chercher s'ils savent où tu te caches. Notre seul espoir de délivrer M. Drive et *La Toundra*, c'est de garder une certaine avance sur eux. »

Nancy hocha tristement la tête.

«Y a-t-il un endroit où tu pourrais t'abriter pour la journée? s'enquit-elle. Nous nous retrouverions ici ce soir, vous reprendriez la chambre, et nous dresserions de nouveaux plans.»

Ben sourit.

«Que dirais-tu d'une promenade en bateau, Alana? Si nous parvenions à louer une voiture, évidemment!

— Excellente idée! l'approuva Nancy. A présent, ils connaissent la mienne. Ce ne serait pas plus mal d'en avoir une autre.»

Ben acquiesça.

«Je m'en occupe, fit-il, puis il s'assombrit. Je veux aussi retourner au pavillon de l'*Oiseau de feu*, et m'assurer que tout va bien là-bas.

— Fais attention, lui rappela Nancy.

— Comment resterons-nous en contact? s'inquiéta Alana. Si tu penses que ce téléphone est branché sur table d'écoute, nous ne pouvons pas te joindre.

— Il y a une cabine dans le hall, lui précisa Nancy. J'y serai à midi et à cinq heures du soir. Si besoin est, téléphonez à ces heures-là.»

Elle leur donna le numéro.

«Tu crois que tu vas t'en tirer, Nancy? demanda Alana.

— Ça ira si j'arrive à déchiffrer entièrement cette liste», lui répondit Nancy.

Ben et Alana partirent peu après en lui promettant d'utiliser l'escalier de secours et de s'assurer qu'ils n'étaient pas suivis en sortant de l'hôtel. Quand ils furent loin, Nancy appela la réception pour que l'on desserve le plateau qu'elle avait posé dans le couloir, avant de revenir à ses indices.

De nouveau elle les examina, mais rien ne lui vint à l'esprit. Déçue, elle écouta une fois de plus l'enregistrement, à la recherche d'un détail dans le ton de son père, d'une inflexion de voix. Hélas, il n'y en avait pas. Découragée et malheureuse, elle s'allongea sur l'un des lits jumeaux et ferma les yeux.

Bien que lasse, elle réalisa qu'il était grand temps de descendre et d'appeler Hélène. Si jamais elle était surveillée, elle ne tenait pas à ce qu'ils devinent que les séries de numéros adressés par son père n'étaient qu'un stratagème.

Pour la première fois, une autre question se posa à elle. Pourquoi Hélène Haggler faisait-elle partie de cette liste ? C'était sa seule véritable cliente du moment, et non un nom sorti du passé.

Et pour quelle raison son père avait-il été enlevé avant qu'elle ne se soit portée au secours d'Alana ? Comment ces gens savaient-ils qu'elle se rendrait à Victoria pour se lancer à la poursuite de son amie ? Et s'ils n'en étaient pas sûrs, pourquoi avoir kidnappé James Drive ?

« Il y a un lien entre les deux ! » s'exclama-t-elle.

Puis elle se précipita vers la table pour lire ce qu'elle avait noté.

« *Fais bien attention de ne pas parler aux uns des autres. Que chacun pense que je travaille exclusivement pour lui ou pour elle.* »

Voilà. Son père avait été enlevé parce qu'il allait voir Hélène Haggler et lui parler de son enquête sur le Groupe des Investisseurs. Ce n'était que plus tard qu'ils avaient utilisé sa disparition comme menace pour la forcer à trouver Alana, quand ils avaient appris par le coup de fil de Nancy à Chris qu'elle était à la recherche de la jeune fille.

« Ta langue n'a pas fourché, papa, n'est-ce pas ? murmura Nancy. L'ACB concerne les investigations sur l'entreprise C-B, et je parierai que C-B correspond à Cole-Borge. »

Rassérénée, Nancy rassembla ses notes, les mit dans sa poche, prit son sac et descendit dans la cabine du hall où elle composa le numéro d'Hélène Haggler.

« Avez-vous de ses nouvelles, Nancy ? demanda celle-ci. Drive a-t-il été libéré ? »

Nancy se mordit la lèvre en se souvenant qu'elle ne devait pas parler des « autres ».

« Non, mademoiselle Haggler, commença-t-elle, ne sachant comment s'y prendre. C'est pour cela que je vous téléphone.

— Avez-vous besoin d'aide pour réunir les fonds de la rançon ? Je peux vous envoyer quelqu'un avec une somme en liquide, si le problème est là.

— Ils ne veulent pas d'argent, répondit Nancy. Ils exigent quelqu'un d'autre en échange.

— Moi ? »

Mlle Haggler ne semblait pas particulièrement surprise.

« Non. C'est la fille que je suis venue aider. Je vous appelle pour que vous me laissiez un peu plus de temps. J'ai des renseignements supplémentaires, notamment quant à l'endroit où papa est détenu. Mais je ne peux pas le libérer avant ce soir. Si vous prévenez la police, nous n'avons plus aucune chance de réussir.

— Essayez-vous encore de me convaincre que cet enlèvement n'a rien à voir avec la tentative de rachat de mon entreprise ? gronda Hélène Haggler.

— Non. Quand je vous ai dit ça hier soir, j'ignorais qu'il y avait un rapport, mais maintenant j'en suis certaine. C'est pourquoi je vous affirme que mon père est en danger. Ils ne peuvent pas le relâcher, mademoiselle Haggler. Il en sait beaucoup trop.

— Alors pourquoi ne pas prévenir la police ou les autorités canadiennes ? Si vous ne pensez pas pouvoir le récupérer contre une rançon, pourquoi attendre ?

— Si je ne me trompe pas, nous devrions être capables de piéger ses ravisseurs.

— Vous croyez que vous ferez mieux que les policiers ? demanda-t-elle, sceptique.

— Beaucoup mieux, rétorqua Nancy. Les hommes qui détiennent papa veulent absolument mon amie. Ils seront prêts à tout pour cela.

— Combien de temps souhaitez-vous que je patiente ?

— Jusqu'à ce que je vous redonne de mes nouvelles ? suggéra Nancy.

— Quarante-huit heures. Si vous ne me rappelez pas avant après-demain, même heure, je contacte la police. A qui dois-je les envoyer ?

— Je préfère n'accuser personne, fit Nancy.

— C'est le prix du délai accordé, déclara Mlle Haggler. Si vous disparaissiez aussi, je veux savoir précisément dans quelle direction il faut chercher. »

Nancy avança, la gorge nouée :

« Est-ce que les noms de Jasper Cole et de Félix Borge vous disent quelque chose ?

— Ces deux gangsters à la manque sont derrière tout ça ? Ils ne sauraient que faire de Haggler International s'ils en étaient à la tête.

— Si vous aviez une collection d'art primitif qui n'est ni tout à fait à vous ni tout à fait volée, pourriez-vous l'écouler dans vos boutiques ? demanda Nancy.

— En restant honnête, non ! Mais ce serait possible, je suppose, admit Mlle Haggler. Pourquoi ? Possèdent-ils quelque chose de ce genre ?

— Ils font tout pour l'avoir, rétorqua Alice.

— Vous n'êtes pas très cohérente, se plaignit Hélène Haggler, mais je présume que je dois vous faire confiance, n'est-ce pas ?

— J'espère que papa sera à même de vous expliquer toute l'affaire demain, à cette heure-ci, déclara Nancy avec ferveur.

— Et si ce n'est pas le cas, où dois-je envoyer les autorités ?

— Je ne peux pas vous le dire, répéta Nancy, mais je glisserai mes notes dans une enveloppe et je vous les enverrai dans la journée. Ainsi si les choses tournent mal, vous en saurez autant que moi.

— Des notes ? »

Nancy lui parla de l'enregistrement et de son message codé.

« Si vous n'avez pas de nouvelles de moi dans quarante-huit heures, la police pourra peut-être l'utiliser.

— Faites bien attention, lui conseilla Mlle Haggler. Les hommes qui ont tenté de racheter mon entreprise sont impitoyables. Je pense que rien ne les fera renoncer à leur projet.

— Ils l'ont déjà prouvé, dit Nancy. Mais moi

non plus, rien ne m'arrêtera tant que je n'aurai pas tiré mon père de là. »

Un frémissement la parcourut en prononçant ces paroles.

Chapitre 17

Le plan de Nancy

Nancy donna plusieurs autres coups de fil de la cabine. Elle contacta d'abord M. Steele pour l'informer des progrès de l'enquête. Elle se sentit coupable devant son inquiétude, mais c'était trop risqué de tout lui raconter.

Elle appela ensuite l'hôtel de Seattle pour prendre connaissancc d'éventuels appels, puis le pavillon de l'*Oiseau de feu* où elle fut ravie d'obtenir une réponse.

« Ben Qinggog est-il là ? Voudriez-vous me le passer ? demanda-t-elle poliment.

— Je suis désolée, mais non, répondit une femme. Je pense le voir demain au plus tard. Désirez-vous lui laisser un message ?

— Non, merci. Je suppose qu'il me contactera lui-même », dit Nancy.

Après avoir raccroché, elle jeta un coup d'œil autour d'elle en essayant de se rappeler si certaines des personnes présentes dans le hall se trouvaient déjà là la nuit précédente. Elle n'y parvint pas. Elle demanda une enveloppe timbrée à la réception et écrivit l'adresse d'Hélène, mais elle n'y glissa pas ses notes. Espérant dénicher une photocopieuse, elle se dirigea vers la rue commerçante la plus proche.

« Nous allons voir si je suis suivie », murmura-t-elle en avançant d'un bon pas dans l'atmosphère humide.

A cette heure-ci, les rues n'étaient pas bondées, mais elle ne repéra personne. Elle s'arrêta dans une petite crêperie pour attendre l'ouverture des magasins, puis elle pénétra dans deux ou trois boutiques afin d'acheter les quelques articles indispensables à la suite des événements. Des jeans pour Alana et pour elle, deux pulls légers et de couleur sombre.

Elle se dit que ce serait là une tenue idéale pour une incursion en terrain ennemi. Sa détermination en fut renforcée.

Ses achats terminés, Nancy entra dans une papeterie qui vendait des cartes, en prit une où se trouvait l'île du Cocher. Elle fit également des photocopies de ses notes et posta l'enveloppe. Puis elle jeta un coup d'œil à sa montre et, constatant qu'il était presque midi, elle retourna à l'hôtel.

Nancy eut l'impression que les clients et les visiteurs installés dans les fauteuils et les canapés du hall n'étaient plus les mêmes que ceux aperçus le matin, mais elle n'aurait pu l'affirmer vraiment. Elle s'assit près de la cabine publique pendant presque une demi-heure : le téléphone resta muet.

Déçue, mais pas tellement surprise, elle se rendit dans la salle à manger pour y déjeuner rapidement et monta ensuite dans sa chambre. Les ravisseurs l'appelleraient peut-être pour lui donner de nouvelles consignes. Elle voulait qu'ils ignorent qu'elle essayait avant tout de gagner du temps.

Quand Nancy pénétra dans l'ascenseur, il était à moitié occupé par un chariot de lingerie, apparemment abandonné là par l'une des femmes de chambre. Elle en examina le contenu et remarqua des vêtements utilisés par les employés de l'établissement.

Sans intention précise, elle se pencha et fouina jusqu'à ce qu'elle ait repéré trois tenues susceptibles de leur convenir à elle, à Alana et à Ben. Elle les glissa dans le sac qui contenait ses autres achats et quitta l'ascenseur lorsqu'il arriva à son étage.

Nancy était tellement préoccupée par ce qu'elle avait à faire qu'elle pénétra dans sa chambre sans s'apercevoir tout de suite qu'elle n'était plus seule. Elle fut sur le point de pousser un hurlement quand elle découvrit une présence, mais une main l'en empêcha.

« C'est Nancy, murmura Alana.

— Je suis navré », fit Ben qui la relâcha aussitôt.

Nancy cligna les yeux. La pièce était terriblement sombre, car on avait tiré les rideaux.

« Comment êtes-vous entrés ?

— J'ai pris la clef à la réception, lui expliqua Alana avec un air confus. Je leur ai dit que mon père avait celle de ma chambre.

— Et pourquoi êtes-vous ici ? fit Nancy agacée en replaçant la chaîne devant la porte. Je pensais que nous étions convenus que vous n'y étiez pas en sécurité. »

Alana éclata en sanglots.

« Je ne suis plus en sécurité nulle part », gémit-elle.

Nancy s'avança vers son amie et l'entoura de son bras.

« Que s'est-il passé ? s'enquit-elle en fixant le visage troublé de Ben.

— Nous avons procédé comme prévu, dit-il en s'effondrant sur le bord du lit. Nous avons descendu l'escalier et nous sommes sortis par-derrière. Nous avions parcouru une cinquantaine de mètres, peut-être un peu plus, quand une voiture a débouché devant nous...

— C'étaient encore ces sales types, poursuivit Alana d'une voix étouffée. Jasper Cole et Félix Borge. Ils m'ont aperçue, Nancy, et ils nous ont suivis.

— Oh non ! s'exclama la jeune fille, folle d'inquiétude. Qu'est-ce que vous avez fait pour vous en sortir ?

— Il y avait un immeuble de bureaux ouverts dans le voisinage, répondit Ben. Nous y sommes entrés et j'ai caché Alana dans un placard pendant que je manœuvrais pour les éloigner. Ils m'ont poursuivi dans trois parkings, puis dans un autre bâtiment avant de se rendre compte qu'Alana n'était plus avec moi car je continuais à faire semblant de lui crier des instructions.

— Intelligent, remarqua Nancy.

— Quand ils ont réalisé qu'ils s'étaient fait piéger, ils ont abandonné, enchaîna-t-il. Je ne les intéresse pas, moi.

— Je suis revenue ici, dit Alana. C'est alors

que j'ai pris la clef. C'est le seul endroit auquel j'aie pensé avant que nous nous séparions.

— Bien sûr, convint Nancy. Tu as bien fait. C'était la meilleure solution. Je suis idiote d'être restée si longtemps absente.

— Tu as appris du nouveau? demanda Ben en examinant ses paquets avec une certaine curiosité.

— Un peu, mais rien qui puisse nous aider à sauver mon père et à récupérer *La Toundra*.

— Qu'allons-nous faire? s'inquiéta Alana. Nous ne pouvons pas rester ici. Ils nous attendent dehors. J'en suis sûre.»

Nancy hocha la tête, consciente qu'Alana n'avait pas tort.

«Ce n'est pas plus mal que nous soyons ensemble, dit-elle, parce que, quand nous sortirons tout à l'heure, impossible d'y revenir ensuite.

— Tout à l'heure?»

Il y avait de l'appréhension dans la voix d'Alana.

«Il faut bien que j'attende le coup de fil des ravisseurs, poursuivit Nancy, que je m'arrange pour t'échanger contre mon père dans la journée de demain.»

Alana était pâle comme la mort, mais elle acquiesça.

Nancy soupira.

«Alana, je n'en ai nullement l'intention, je te l'ai déjà dit. Mais je veux qu'ils croient que je coopère. J'agis ainsi uniquement pour gagner du temps.

— As-tu un plan au moins?» demanda Ben.

Nancy lui adressa un pauvre sourire.

«Pas vraiment, il faut absolument que j'en trouve un.

— Alors, où allons-nous maintenant? insista Alana. Penses-tu qu'ils viendront dans cette chambre?»

Nancy jeta un coup d'œil circulaire dans la pièce, l'air inquiet.

«Où est le magnétophone?»

Alana et Ben le cherchèrent à leur tour.

«La femme de chambre l'a peut-être rangé, suggéra Alana. On a fait le ménage.

— Alors pourquoi n'a-t-elle rien déplacé d'autre?» dit Nancy en ouvrant les tiroirs pour y effectuer une fouille méthodique.

Ben et Alana l'aidèrent. Il ne leur fallut que quelques minutes pour avoir la certitude que l'appareil avait disparu.

«On peut l'avoir volé», murmura Ben; mais son ton le trahit et Nancy comprit qu'il n'y croyait pas plus qu'elle-même.

«Repris serait plus exact, rectifia-t-elle. Après tout, cela aurait pu constituer une preuve de l'enlèvement de mon père.

— Qu'est-ce qu'on va faire maintenant? fit Alana en frissonnant.

— Je pense que vous devriez tous deux aller à côté. Vous avez la clef, n'est-ce pas, Ben?»

Ce dernier acquiesça.

«Je ne crois pas qu'ils vérifieront cette chambre, même s'ils viennent ici», poursuivit Nancy.

Quand ils se dirigèrent vers la porte, elle les rappela.

«J'ai quelque chose qui pourrait nous rendre service, ajouta-t-elle en ouvrant grand son sac.

— Qu'est-ce que c'est que ça? demanda Alana

tandis que Nancy en extirpait les uniformes froissés.

— Des vêtements du personnel hôtelier. J'ai pris l'ascenseur avec un chariot de linge. J'ai pensé que ces frusques nous aideraient à sortir sans nous faire remarquer.

— Très bonne idée, s'écria Ben.

— Maintenant, je n'ai plus qu'un souci : la voiture. Je n'ai pas eu le temps d'en louer une autre.

— Aucun problème, répondit Ben non sans fierté. Quand ils ont renoncé à me poursuivre, j'ai immédiatement pensé à me procurer un véhicule. J'ai donc appelé un ami mécanicien et je lui ai emprunté son break. Il est vieux, mais le moteur est neuf. Je l'ai garé dans un de ces garages ouverts toute la nuit.

— Ben, tu es "super"! s'exclama Nancy en le serrant dans ses bras.

— Attends un peu pour me juger de voir si on ne se fait pas prendre, répliqua prudemment Ben. Viens, Alana, ajouta-t-il en se saisissant d'un uniforme de femme de chambre. Sortons d'ici pour laisser le temps à Nancy de concocter un plan.

— Tapez sur le mur si vous avez besoin de moi, leur recommanda Nancy.

— Fais de même dès que tu auras des nouvelles de Cole et Borge, dit Alana, de plus en plus nerveuse. Je crois que nous avons intérêt à filer d'ici le plus vite possible.

— C'est mon avis», convint Nancy.

Ben et Alana s'éclipsèrent. Nancy ouvrit les rideaux, espérant que la lumière lui redonnerait du courage, mais ce ne fut pas concluant. Il n'y avait pas de soleil, et de gros nuages menaçants s'amoncelaient sur la ville.

Nancy prit la carte des îles et la posa sur la table. La pluie pourrait être un atout.

Elle attendit une heure avant que le téléphone sonne. Elle sursauta presque au point d'en renverser une chaise, et se précipita pour répondre. C'était naturellement l'un des ravisseurs.

« Eh bien, mademoiselle Drive, qu'avez-vous à nous proposer ? demanda-t-il, visiblement en colère.

— J'ai trouvé Alana, répondit Nancy le plus calmement possible.

— Ah oui ? »

La surprise de son interlocuteur la récompensa de ses efforts.

« Cela vous étonne ? persifla-t-elle. Vos hommes l'ont terrorisée. C'est pour cela qu'elle m'a appelée au secours.

— Est-elle avec vous en ce moment ? »

Nancy lisait dans ses pensées comme dans un livre ouvert.

« Bien sûr que non, lança-t-elle peut-être un peu trop vite. Mais je sais où la joindre.

— Et si vous me racontiez tout ça...

— Quand mon père sera avec moi, dit Nancy, le cœur battant.

— N'y comptez pas ! répliqua l'homme d'un ton grinçant. Vous aurez James Drive quand Alana Steele sera entre nos mains.

— Vous aurez Alana Steele quand mon père sera de retour », riposta-t-elle.

Il y eut un long silence, et Nancy retint son souffle, sachant que la réussite de son plan dépendait de ce qui allait suivre. Elle entendit un soupir à l'autre bout de la ligne.

« Où voulez-vous faire l'échange ? reprit l'homme. Et quand ?

— Demain matin, répondit Nancy, puis après une seconde d'hésitation elle ajouta : Mais je ne connais pas très bien la région. Où pensez-vous que ce serait possible ? »

De nouveau plus rien. Puis son interlocuteur ricana méchamment.

« Je vous appellerai à sept heures pour vous indiquer le lieu. »

Un déclic mit fin à leur conversation.

Nancy contempla quelques instants le téléphone, puis elle respira profondément. A présent c'était à elle de jouer... à elle, à Ben et à Alana.

Chapitre 18

L'opération de sauvetage

Nancy revêtit son uniforme de femme de chambre, et prit un oreiller sur le lit dans lequel elle glissa son jean, son pull, son sac et tout ce dont elle pourrait avoir besoin. Avant de sortir elle jeta un dernier coup d'œil derrière elle pour s'assurer qu'elle n'avait rien oublié d'essentiel pour la réalisation de son plan. En retenant son souffle, elle se rua vers la chambre voisine.

« Nous avons entendu le téléphone, fit Ben en ouvrant la porte.

— Les ravisseurs me rappelleront demain à sept heures pour me fixer un lieu de rendez-vous pour l'échange.

— A sept heures du matin ? murmura Alana.

— A ce moment-là, j'espère que nous aurons

récupéré mon père et *La Toundra*, déclara Nancy.

— Comment vas-tu t'y prendre? demanda Ben, les yeux brillants de curiosité.

— Sortons d'abord d'ici, conseilla Nancy. Je vous donnerai les détails dans le break.

— Tu es sûre que nous puissions nous balader comme ça?» s'inquiéta Alana.

Elle tenta de défroisser son uniforme, sans grand succès.

«J'y ai pensé, répondit Nancy. Et j'ai une meilleure idée.»

Les deux amis l'écoutèrent attentivement et, quelques minutes plus tard, ils se retrouvèrent dans l'ascenseur en direction du rez-de-chaussée. De là il s'avéra étonnamment facile de s'introduire dans la lingerie, de remonter l'escalier de service jusqu'aux cuisines et de parvenir dans la ruelle par la porte de derrière.

Une légère bruine tombait. Après avoir traversé plusieurs rues, ils furent trempés.

«Il manquait plus que ça! grogna Alana.

— Qui sait si ce n'est pas un bien, rétorqua Nancy tandis que Ben les faisait entrer dans le garage. Ben, est-ce qu'on pourra utiliser ton bateau pour notre mission de sauvetage?

— Bien sûr. Mais que ferons-nous quand nous serons sur l'île du Cocher? Ces hommes seront armés et ils ne vont pas renoncer à *La Toundra* sans se battre.

— Et tes amis du pavillon de l'*Oiseau de feu*, nous aideraient-ils? s'enquit Nancy.

— Ils feraient n'importe quoi pour que nous récupérions *La Toundra*, répondit Ben. La plupart d'entre eux viennent de Seal Bay.

— Alors où est ce break? fit Nancy en regardant autour d'elle.

— Par ici, fit Ben en précédant les deux filles dans l'ombre. Où faut-il te conduire, Nancy?

— Est-ce que tu penses que nous serons en sécurité pour quelques heures à l'*Oiseau de feu?* poursuivit Nancy. Il nous faut un peu de tranquillité pour peaufiner les détails de mon plan.

— Il n'y a qu'une voie d'accès au pavillon, déclara Ben. Il est possible de la bloquer et de placer quelqu'un qui nous préviendrait de toute intrusion.

— En route!» conclut Nancy tandis qu'ils montaient tous les trois dans le break rouge, plutôt en mauvais état.

La bruine s'était transformée en déluge quand ils quittèrent la ville. Les routes étaient désertes. Il n'y avait personne derrière eux, mais Nancy, inquiète, regardait souvent par-dessus son épaule. L'*Oiseau de feu* était éclairé quand ils y arrivèrent.

Nancy frissonna lorsque deux hommes sortirent sur le perron, mais Ben sauta du break et poussa un cri de joie en apercevant ses amis. Quelques minutes plus tard, ils étaient à l'intérieur de la maison, autour de la cheminée, afin de préparer l'opération de sauvetage.

La pluie tombait encore, augmentant l'obscurité de la nuit, lorsque les bateaux de pêche larguèrent les amarres et s'éloignèrent de la petite crique qui les abritait, en faisant un bruit régulier. Nancy et Alana, vêtues de leurs jeans et de leurs pulls, se tenaient accroupies dans le minuscule cockpit tandis que Ben et son ami Jim, à la barre, surveillaient la mer agitée.

« Ça va marcher, n'est-ce pas, Nancy ? demanda Alana avec angoisse.

— Il le faut », répondit fermement Nancy.

Comme convenu, les deux embarcations ne se perdaient pas de vue. Lorsqu'apparut l'île du Cocher, Ben coupa les feux de la *Reine des Saumons*, signal pour celui qui le suivait que le plan entrait en application. C'était en fait assez simple.

Le *Tigre des Mers* s'approcherait de la côte à découvert, jetterait l'ancre entre les deux avancées protectrices de la baie. Il simulerait une panne de moteur et détournerait l'attention de toute garde en alerte, en créant un certain remue-ménage à bord. Pendant ce temps, le bateau de Ben poursuivrait sa route, tous feux éteints, pour arriver le plus près possible du rivage inhospitalier qui était plus éloigné de la maison. Nancy, Alana et Ben utiliserait un petit canot pour accoster.

Nancy priait le ciel pour qu'il les aide à accomplir, à eux trois, ce dont un escadron de policiers était incapable : surprendre les voleurs et sauver son père et *La Toundra*.

« Nous nous rapprochons, dit à voix basse Ben qui se trouvait sur le pont. Tenez-vous prêtes toutes les deux. »

Nancy, la gorge nouée, se redressa. La météo était, en l'occurrence, plutôt favorable. Même en scrutant l'horizon à travers la pluie, elle parvenait à peine à distinguer l'île des eaux déchaînées. Il serait quasiment impossible de repérer le bateau de pêche du rivage. Du moins l'espérait-elle.

« Tu es sûr que nous ne pouvons pas jeter l'ancre et le laisser là ? demanda Jim. Je viendrais avec vous et je vous donnerais un coup de main.

« Trop dangereux, dit Ben. Au mouillage, il est facile à repérer. Je veux que tu patrouilles dans cette zone et que tu nous surveilles, Jim. Nous serons chargés et pressés quand nous quitterons l'île. Tiens-toi prêt à nous recueillir. »

Jim acquiesça en soupirant. De toute évidence, il n'était pas enchanté de sa mission.

« Si à l'aube nous n'étions pas de retour, appelle au secours par radio, lui conseilla Nancy avec calme. Et merci, Jim. C'est très chic à toi de nous aider.

— Pour retrouver *La Toundra*, je ferais n'importe quoi », déclara-t-il.

Dans la frêle embarcation, le trajet jusqu'au rivage fut un cauchemar. La tempête avait rendu la mer dangereuse, et l'obscurité leur pesait comme un couvercle. Nancy poussa un soupir de soulagement lorsque le canot s'échoua sur une minuscule plage de sable et qu'elle put avec Alana mettre pied à terre. Patauger dans l'eau glacée pour aider Ben à tirer le bateau jusqu'au rivage leur parut presque un confort.

« Tu peux nous guider jusqu'à la maison, Ben ? » demanda Nancy.

Il acquiesça et, en un rien de temps, ils étaient passés de la plage où ils étaient très exposés à l'ombre plus dense de le partie boisée de l'île. Après plusieurs faux départs, Ben repéra un sentier sous les arbres, qu'ils suivirent aisément, sans s'arrêter, jusqu'aux abords d'une clairière.

« Voici la “demeure” dont je t'ai parlé », dit Ben.

Nancy avala sa salive, doutant soudain de leur succès. Ben avait eu raison de parler de

« demeure ». Celle-ci avait trois étages, et la tour du phare se dressait, avec deux paliers supplémentaires, pour lui donner une vue sur toute la région. Seules quelques fenêtres étaient éclairées. Ils retinrent leur souffle. Une porte claqua sur le devant de la maison et deux hommes sortirent, bien visibles sur la véranda.

« Je préférerais que nous attendions et que nous surveillions de l'intérieur, fit le premier.

— Et moi je te dis d'aller voir pendant que je fais le guet, rétorqua le second.

— Celui qui vient de parler c'est Félix Borge, murmura Alana. Je ne connais pas l'autre.

— Borge, c'est celui que j'ai eu au téléphone, précisa Nancy.

— Patron, je crois vraiment que ce n'est qu'un pêcheur pris dans la tempête et qui cherche un abri, reprit le premier des deux hommes.

— Descends au hangar et observe-le. S'il fait le moindre mouvement en direction du rivage, arrête-le, lui ordonna Borge. Je rentre m'assurer que Jasper et Drive se tiennent tranquilles, puis je grimperai en haut de la tour pour jeter un coup d'œil sur l'île.

— Vous pourriez voir tout ce qui se passe de là-haut, grommela l'homme.

— Mais je serai trop loin pour agir vite, tonna Borge, file.

— J'y vais, j'y vais », marmonna son interlocuteur.

Nancy ferma les yeux, vérifiant chaque étape de son plan, puis elle respira profondément.

« Est-ce que tu te sens capable d'aller jusqu'au hangar et mettre ce gardien hors d'état de nuire sans donner l'alerte dans la maison ? » murmura-t-elle.

Ben sourit, dévoilant ses dents blanches dans l'obscurité.

« Aucun problème.

— Parfait. Pendant que tu y seras, Alana et moi, nous allons traverser le terrain qui nous sépare du bâtiment et essayer d'y pénétrer. Nous devons l'atteindre quand Borge montera à la tour, sinon il nous verra.

— Et qu'est-ce que tu fais des autres gardiens ? s'enquit Ben.

— Si j'ai bien interprété le message de mon père, il n'y a que trois hommes sur l'île. Donc, si Borge reste là-haut, Alana et moi n'aurons plus que Cole à neutraliser.

— Je reviendrai dans la maison dès que je me serai occupé de celui qui se trouve dans le hangar, promit Ben.

— Tu es sûr que Borge ne te repérera pas ? s'inquiéta Alana.

— Du sommet, Borge pensera certainement que c'est son acolyte qui revient », la rassura Ben.

Nancy hocha la tête en signe d'approbation, puis elle serra la main de Ben tandis que la porte d'entrée claquait une seconde fois.

« Bonne chance ! » murmura-t-elle.

Elle pressa les doigts glacés d'Alana dans les siens, et elles traversèrent toutes deux la pelouse détrempée pour se cacher à l'ombre de la grande bâtisse. C'était maintenant qu'il fallait jouer serré !

Chapitre 19

La minute de vérité

L'épaisse obscurité qui entourait le bâtiment les rassura. Dès qu'elle eut repris son souffle, Nancy longea le mur en regardant par les fenêtres du rez-de-chaussée. Elle ne vit d'abord pas grand-chose. Les pièces étaient sombres, mais le peu de lumière qui leur parvenait du vestibule lui permit de constater qu'elles étaient absolument vides.

Elle essaya de forcer les ouvertures, mais elles étaient toutes verrouillées.

« Et maintenant à nous de jouer ! » murmura-t-elle en s'arrêtant au coin de la véranda.

Le tempête s'était déchaînée de plus belle. Le vent les giflait tandis qu'elles gravissaient les marches du porche. Nancy se dirigea vers la porte d'entrée et tenta de la pousser comme les autres. A son grand étonnement, elle céda sous la pression.

Nancy hésita, ne sachant que faire. Il fallait pénétrer à l'intérieur mais, comme elles ignoraient ce qu'il y avait de l'autre côté, le risque était grand.

Une bourrasque vint s'écraser à l'angle de la maison, arrachant de la main de Nancy la porte qui alla cogner contre le mur avec fracas. Immobile, glacée, Nancy resta une seconde ainsi, le cœur battant, puis elle saisit la main d'Alana et la conduisit dans le vestibule spacieux, puis dans le premier couloir obscur qu'elle aperçut.

« Qu'est-ce que c'est ? »

C'était la voix de Borge qui descendait quatre à quatre le superbe escalier à spirale qui s'élevait entre le hall et l'entrée. En un éclair, il se retrouva près de la porte qu'il referma sur les parfums humides de la nuit.

« Que se passe-t-il ? demanda un second individu qui venait du fond de la bâtisse.

— J'imagine que le vent l'a ouverte, répondit Borge.

— Tu es sûr que ce n'est que ça ? Personne n'est entré ? »

L'homme semblait plus nerveux que Borge.

« Ecoute, Jasper, calme-toi. Nous aurons la petite Steele demain. Elle nous donnera le secret de cette sculpture, et nous rentrerons chez nous, libres.

— J'y croirai quand nous y serons, fit Jasper Cole d'un ton maussade.

— Tu ne pensais pas non plus que nous obtiendrions la sculpture aussi facilement, n'est-ce pas ? Fais-moi confiance, et ton oncle aura l'air du crétin qu'il était. Il aurait dû te léguer *La Toundra*. Nous avons assez travaillé pour lui.

— Il ne voulait pas qu'elle soit à moi, se lamenta Cole. Et la femme qu'il a épousée non plus.

— Alors nous l'avons volée avant qu'elle ne puisse la vendre à une quelconque institution où elle aurait été plus en sécurité, se vanta Borge, et l'assurance ne lui en donnera pas le quart de sa valeur. Nous sommes plus malins que le vieux, et demain nous le prouverons.

— Si les hommes de ce bateau ne nous prennent pas au piège, dit Cole. Es-tu certain que tout ira bien?

— J'ai surveillé l'embarcation dans le port depuis qu'elle a jeté l'ancre. Ils n'essaient pas d'accoster. Garde un œil sur Drive. Je monte à la tour pour passer la région au crible. Bascomb surveille en bas, dans le hangar.

— As-tu verrouillé la porte d'entrée?» demanda Cole.

Beaucoup plus petit que Félix Borge, il ressemblait à une belette apeurée.

«Si je la boucle, comment Bascomb rentrera-t-il? se fâcha Borge qui ne se donnait plus la peine de dissimuler son mépris. Penses-tu que cette maison soit hantée?

— Félix, je ne...

— Calme-toi, et cesse de t'inquiéter chaque fois qu'il y a un bruit.»

Jasper avait l'intention de poursuivre cette discussion, mais un regard glacial lui cloua le bec. Au bout de quelques minutes, Cole fit volte-face et disparut. Borge grogna, vérifia de nouveau la porte et s'engagea dans l'escalier. Nancy respira doucement et sentit qu'Alana poussait le même soupir de soulagement.

« Et maintenant, que faisons-nous ? murmura-t-elle.

— D'abord explorer les lieux », répondit la jeune détective en s'avançant dans le sombre vestibule.

Leur visite fut rapide et minutieuse. Les pièces étaient alignées de chaque côté d'un couloir. Plusieurs avaient des portes communicantes en plus de celle qui donnait dans l'entrée ou le corridor. Les seules qui semblaient habitées étaient situées tout au bout. La cuisine se trouvait là. Elles aperçurent des aliments sur la table, des assiettes en carton sales, empilées près des placards. Comme il y avait une lampe allumée, elles hésitèrent avant d'y pénétrer, craignant d'être repérées par la fenêtre.

Elles remarquèrent également de la lumière sous une autre porte. Nancy attendit quelques minutes, certaine que son père se trouvait derrière avec Cole. Elles s'écartèrent et rejoignirent l'obscurité plus sûre de la pièce juste en face.

« Alors qu'est-ce qu'on fait ? chuchota Alana.

— Je vais prendre un couteau à découper sur la table, répondit Nancy. Reste ici. Quand je reviendrai, je veux que tu ailles dans le vestibule et que tu ouvres la porte par laquelle nous sommes entrées pour que le vent la fasse à nouveau claquer. Cela obligera Cole à sortir et me laissera une chance de libérer mon père.

— Mais..., fit Alana, pétrifiée.

— Cole te connaît, n'est-ce pas ? l'interrompit Nancy.

— Bien sûr, nous nous sommes vus plusieurs fois avant le cambriolage.

— Tant qu'il croira que tu sais résoudre l'énigme de *La Toundra*, il ne te fera aucun mal. Mais il n'est pas nécessaire qu'il te voie. Tu ouvres, et tu t'enfuis avant qu'il arrive. Occupe-le le plus longtemps possible.

— Et Borge ?

— Il n'entendra rien de la tour, dit Nancy en espérant ne pas se tromper. De toute façon, il pensera que c'est le gardien qui revient. »

Alana s'apprêtait à discuter, mais Nancy lui sourit pour lui redonner confiance. Puis elle s'accroupit et s'avança vers la cuisine éclairée pour se saisir du couteau. Alana l'observa d'un œil inquiet, jusqu'à son retour.

« J'en aurai besoin pour couper les liens de papa, s'il est attaché, lui expliqua Alice. Nous devons agir vite. »

Alana acquiesça et esquissa un pauvre sourire avant de quitter son amie pour se diriger vers l'entrée. Celle-ci recula vers l'embrasure de la porte et attendit, regrettant qu'il n'y ait aucun meuble pour la dissimuler.

L'attente lui parut interminable, et elle commençait à se dire que les choses avaient mal tourné quand tout le bâtiment gémit sous l'assaut du vent ; le battant s'ouvrit alors brusquement. Pendant un instant, il y eut un étrange silence, puis le battant cogna à nouveau. Nancy se prépara à l'attaque.

De l'autre côté du couloir, Cole sortit en maugréant, furieux. Elle retint son souffle tandis qu'il regardait autour de lui. Elle patienta jusqu'à ce qu'il ait dépassé l'escalier, puis courut sur la pointe des pieds vers la pièce parfaitement éclairée.

« Papa ! »

Elle poussa un cri en apercevant la silhouette attachée sur sa chaise droite, qui se trouvait près de la cheminée. Les yeux de James Drive s'illuminèrent, mais sa fille l'empêcha de parler en posant un doigt sur ses lèvres. Enfin elle le délia.

« Es-tu seule, Nancy ? » murmura-t-il.

Celle-ci lui fit signe que non.

« Alana l'a attiré hors d'ici, et notre ami Ben est sur la plage pour s'occuper du gardien. Borge est dans la tour. »

Son père hocha la tête et s'avança vers la porte. Il désigna à Nancy un endroit où se cacher. Un peu plus tard, ils entendirent des pas qui se rapprochaient.

« Il fallait bien que je ferme à clef, marmonna Cole. Ce battant ne peut pas cogner sans arrêt. Il y a peut-être quelqu'un dehors, prêt à entrer. »

Il pénétra dans la pièce. Un puissant coup de karaté sur la nuque vint interrompre son monologue qui se termina par un bruit sourd.

« Je vais le ligoter », dit M. Drive.

En deux secondes, Cole fut attaché et bâillonné, sur la chaise que James Drive occupait peu de temps auparavant. Puis Nancy se glissa dans le couloir, et appela Alana pour qu'elle sorte de sa cachette. Elle se précipita pour ôter le verrou de la porte d'entrée. Ben arriva presque au même instant.

« Tout va bien ? demanda-t-il visiblement inquiet. J'ai vu tout à l'heure une silhouette à l'aspect peu engageant qui refermait la porte.

— Tout se passe au mieux, dit Nancy en lui faisant signe de le suivre. Tu as pu te débarrasser du gardien ?

— Il est ligoté et tranquillement installé au fond de notre bateau, répondit Ben, c'est O.K. »

Son rire soulagé emplit le hall.

« Et Borge et Cole ?

— Cole est également attaché pour le moment, lui répondit Nancy, mais Borge est toujours dans la tour.

— Il faut nous occuper de lui avant de partir, lui conseilla Ben. Sinon il nous verra et tentera de nous arrêter.

— Ne vous inquiétez pas, intervint James Drive en sortant de la pièce. Je n'ai pas l'intention de laisser courir cet homme. »

A peine Nancy essayait-elle d'expliquer rapidement à son père les liens entre Ben et *La Toundra*, que des pas résonnèrent sur les marches de pierre.

« Va vers le vestibule, Alana », murmura Nancy d'un ton pressant, puis elle courut se cacher dans l'ombre de l'escalier à spirale.

Nancy regarda dans l'entrée, en direction d'Alana, terrifiée. Borge se trouvait juste au-dessus de Nancy. Il s'arrêta net en apercevant Alana. Elle avait l'air d'une souris piégée par le regard hypnotique d'un chat affamé.

« Alana Steele ! s'écria Borge, sidéré. Où diable... »

Il descendit les dernières marches, les yeux rivés sur la jeune fille. Nancy lança ses mains à travers les barreaux de la rampe et lui saisit la cheville. Il tomba lourdement. Ben et son père bondirent pour le maintenir face contre terre.

« Où est *La Toundra ?* demanda Ben dès que Borge fut ligoté à côté de son comparse.

— Là-bas, fit James en pointant le doigt sur une belle malle. C'était le moyen de la transporter, tout en la protégeant, que Franklin Cole avait conçu pour elle.

— Qu'est-ce qu'on fait maintenant, papa? demanda Nancy.

— Je pense que nous devrions filer d'ici le plus vite possible, déclara M. Drive. Ces trois individus ne sont pas seuls à être impliqués dans cette aventure. Ils ont au moins deux autres complices à l'extérieur et, quand ceux-ci contacteront l'île par radio et n'obtiendront pas de réponse, ils viendront à la rescousse!»

Il regarda Ben.

«Nous avons un moyen de partir d'ici, n'est-ce pas?

— Mon bateau de pêche nous attend, répondit ce dernier, et nous pouvons utiliser la radio pour prévenir les autorités, qu'elles se chargent de ces brigands.

— Tu t'es très bien débrouillée, Nancy, la félicita son père en la prenant dans ses bras, toi et tes amis.

— Grâce à tes consignes codées, répondit Nancy, des larmes de joie dans les yeux.

— Nancy, viens voir! lui cria Alana à l'autre bout de la pièce. Ils ne l'ont pas du tout abîmée.»

James et Nancy Drive rejoignirent Ben et Alana qui se penchaient au-dessus du coffre ouvert. Nancy retint son souffle devant l'extrême beauté de la sculpture, qui reposait dans son nid d'étoffe rembourrée, retenue par des attaches parfaitement adaptées.

«C'est encore plus beau que je ne l'imaginais, murmura-t-elle.

— C'est un véritable chef-d'œuvre, déclara Ben en relevant lentement les yeux du superbe objet. Pour moi et pour mon peuple, c'est un fragment d'histoire.

— Elle est magnifique, intervint James Drive, mais elle ne sera pas en sécurité tant que nous n'aurons pas quitté cette île.

— Très juste, dit Ben en refermant la malle. Je souhaite simplement que votre fille soit aussi douée pour déchiffrer les secrets cachés dans cette sculpture qu'elle l'a été pour trouver les indices dans votre message. Qu'en pense-tu, Nancy?

— On verra ce qu'on peut faire!» Et Nancy partit d'un rire taquin.

Chapitre 20

Le trésor de *La Toundra*

Les heures qui suivirent filèrent comme un tourbillon. Dès qu'ils furent sur le bateau de Ben, Nancy et son père se mirent à bavarder.

« Que s'est-il passé exactement, papa ? demanda Nancy.

— Eh bien, nous avions raison au sujet du Groupe des Investisseurs. C'était une façade, et tu suivais la bonne piste en te préoccupant de la société C-B. La compagnie Cole-Borge. Et ce sont eux les cerveaux qui ont imaginé de discréditer et de racheter Haggler International. »

Nancy hocha la tête, nullement étonnée.

« Mais comment en sont-ils venus à t'enlever ? poursuivit-elle.

— D'après ce que j'ai cru comprendre, Borge a appelé l'un des membres du conseil d'administration d'Hélène en prétendant avoir des informations sur l'escroquerie dont Haggler International avait été victime. L'homme lui a suggéré de me contacter en lui indiquant que je serais chez Hélène Haggler ce matin-là. Borge est arrivé avec deux complices pour me kidnapper.

— Tu vas en avoir des choses à raconter aux autorités quand nous atteindrons le rivage, remarqua Nancy.

— Je pourrai leur donner tous les détails des déboires de Haggler International, lui dit son père. Cole et Borge parlaient ouvertement devant moi. C'est pourquoi je savais qu'ils n'avaient pas l'intention de me relâcher.

— Pourquoi tenaient-ils tant à Haggler International ? s'enquit Nancy. Etait-ce pour revendre les trésors de *La Toundra ?*»

James Drive acquiesça.

«Bravo. Tu t'es montrée très forte pour dénouer les fils de cette intrigue. Tu as résolu les deux affaires et sauvé *La Toundra.*»

Beaucoup plus tard, la police félicita à son tour Nancy, après que chacun eut expliqué son histoire des dizaine de fois. Alana et son oncle Clément furent interrogés et disculpés, tout comme Chris puisqu'on les avait forcés à coopérer avec les voleurs en menaçant Alana.

Jasper Cole, Félix Borge et leur gardien furent ramenés de l'île du Cocher. Les deux autres comparses furent arrêtés et avouèrent qu'ils avaient enlevé James Drive. Ils reconnurent aussi leur participation dans le complot contre Haggler International.

Jeff Carrington arriva pour tirer l'affaire au clair. Expert en criminalité dans le domaine artistique, il avait souvent travaillé avec Nancy et son père. Son témoignage et celui d'Hélène Haggler furent d'une grande utilité.

Lorsque le soleil de l'après-midi parvint à percer la couche de nuages orageux, Nancy, Alana et Ben se rendirent à la galerie Steele pour voir *La Toundra.* Le spectacle était magnifique. Comme elle était sortie de sa malle protectrice, chaque motif devenait apparent.

Ben en fit plusieurs fois le tour, se penchant pour étudier les sculptures les unes après les autres. Il reculait pour voir l'œuvre d'art dans sa totalité, puis s'en rapprochait pour observer un détail qui lui avait échappé. Nancy et Alana se tenaient très en retrait, ne voulant pas le troubler dans sa concentration. Enfin il se retourna et dit tristement :

« Rien. C'est-à-dire, c'est beau et je me sens très fier que mon grand-père en soit l'auteur, mais je ne trouve aucun message.

— Reconnais-tu la scène ? demanda Alana.

— C'est la toundra, Alana. Ce pourrait être n'importe quelle partie de cette terre gelée. A moins qu'il n'y ait un rocher particulier ou je ne sais quoi. »

Il recula pour examiner les plantes séchées et les fragments de roche qui avaient été insérés dans le bois noueux.

« Tu as pourtant bien dit que ton grand-père t'avait laissé un message ? insista Nancy.

— Il l'a remis aux anciens du village pour qu'à leur tour ils me le transmettent.

— Quel est-il ?

— "Regarde avec les yeux du passé pour découvrir l'aube la plus obscure" », récita Ben.

Nancy réfléchit, puis elle se rendit compte qu'elle n'avait aucun commentaire à faire.

« C'est tout ! »

Le soupir de Ben fit pendant à sa propre déception.

« C'est vraiment peu, remarqua Alana. Qu'en penses-tu, Nancy ?

— Tu es sûr, Ben, qu'il n'y avait aucune autre instruction ? Il n'a rien ajouté ?

— Mon grand-père a fait appeler les anciens après que le médecin lui eut appris que sa fin était proche. Il a déclaré qu'il regrettait d'avoir lésé la communauté pendant si longtemps mais qu'il était trop vieux et trop malade pour partir à la recherche des trésors qu'il avait cachés.

— Cela signifie probablement qu'ils se trouvent assez loin de Seal Bay, murmura Alana.

— Peut-être, convint Ben. De toute façon, ils lui ont proposé d'y aller eux-mêmes, mais il leur a répondu que ce n'était pas possible, qu'il ne pourrait même pas leur montrer l'endroit sans *La Toundra*. Il était désespéré.

— C'est terrible, fit Nancy.

— Ils l'ont supplié de leur révéler ce qu'il fallait faire. Il a fini par leur dire de me répéter les mots que je vous ai dits il y a un instant. Avec *La Toundra* et ce message, je devrais être à même de les retrouver pour eux et pour moi-même.

— Et ce sont exactement ses paroles ? »

Ce n'était pas vraiment une question que Nancy venait de poser.

« Les anciens les ont écrites tandis qu'il parlait, lui confirma Ben.

— Alors le secret doit être caché ici, affirma Nancy en s'avançant vers la superbe sculpture. Mais où regarder ?

— Avec les yeux du passé, la taquina ironiquement Alana. Du moins d'après le grand-père de Ben.

— Le passé, murmura Nancy, l'air songeur. Quelque chose que tu as dû voir, n'est-ce pas? T'es-tu promené dans la toundra avec lui? Existe-t-il un endroit particulier?

— Plusieurs, répondit Ben. J'ai beaucoup vécu avec lui jusqu'à ce que je sois obligé de quitter le village pour aller au lycée. Mon père travaillait sans cesse, mais mon grand-père tenait à ce que je sois élevé comme un véritable Esquimau. Il m'a appris à pêcher et à chasser selon la coutume.

— Ce pourrait être la reproduction d'un de ces lieux, dit Nancy, de plus en plus intriguée. Mais qu'est-ce que l'aube la plus obscure?

— C'était son cheval de bataille, fit Ben en souriant. Dès qu'il se produisait quelque chose de fâcheux, il prétendait que c'était «son aube la plus obscure».

— Y en a-t-il eu pendant que vous étiez tous les deux dans la toundra?» demanda Nancy.

Ben resta pensif, puis hocha négativement la tête.

«Je ne m'en souviens pas. Mon père m'a raconté qu'une fois, quand il était petit... Grand-père et lui suivaient à la trace un troupeau de caribous près du rocher de la Chouette. Ils se procuraient de la viande et des peaux pour l'hiver. La veille, mon père était tombé et s'était blessé la cheville. Il ne pouvait donc pas chasser. Grand-père l'avait laissé endormi au camp, ce matin-là.»

Il s'interrompit, et Nancy retint son souffle en attendant qu'il poursuive son récit.

«Père affirme que ce fut son aube la plus obscure car, quand enfin il se réveilla, il leva les yeux et ne put même pas apercevoir le ciel. Un gigantesque grizzli s'avançait vers lui. »

Ben fronça les sourcils.

« Que s'est-il passé ? intervint Nancy, fascinée par cette histoire.

— Grand-père est arrivé et a tué l'animal. J'ai dormi sous son immense fourrure pendant des années. Nous allions tous les ans dans cette région pour voir les caribous, même après en avoir cessé la chasse.

— Ben, c'est sur *La Toundra*, fit Alana, le souffle court.

— Quoi ? dit Nancy.

— L'ours et le petit garçon. »

Alana s'approcha de cette sculpture si complexe.

« Je suis certaine de les avoir remarqués en répertoriant les différents motifs. Je pensais que c'était un peu effrayant, cet enfant accroupi se tenant la cheville tandis que le grizzli semblait sur le point de l'attaquer. »

Elle pointa le doigt vers le minuscule tableau qui se trouvait à côté d'une troupe de caribous, presque perdu au milieu de la confusion de plantes séchées et de pierres.

Nancy contempla les petits personnages, puis laissa son regard vagabonder un peu plus loin, là où une autre silhouette accroupie, un homme, tenait une chouette dans ses mains.

« Est-ce ton grand-père, Ben ? » demanda-t-elle.

Comme elle n'obtenait pas de réponse, Nancy détourna les yeux de l'œuvre d'art et s'aperçut que Ben fixait les motifs tandis qu'un large sourire se dessinait sur ses lèvres.

«Ça y est! s'écria-t-il. Nancy! Alana! J'ai la réponse! Je sais où se trouve le trésor.

— Alors, pars vite, dit Nancy. N'en parle à personne. Va le chercher et rapporte-le avant que quelqu'un d'autre ne devine tes projets.

— Nancy, cela signifie-t-il qu'il n'y a pas que Cole et Borge qui s'y intéressent? s'inquiéta Alana.

— Beaucoup de gens se rendront compte que la légende est vraie, une fois que les détails de cette affaire seront publiés par les journaux, lui rappela Nancy. L'appât a été assez fort pour fasciner Franklin Cole pendant des années et pour amener Jasper et Félix à commettre les pires méfaits. Il y aura sûrement d'autres rapaces.

— Merci, fit Ben dont le regard exprimait toute la gratitude. Vous serez les premiers étrangers à les voir.»

Sur ces mots, il disparut.

«Que dirons-nous à la police? demanda Alana, quelques minutes plus tard. Ils vont encore nous poser des tas de questions, tu sais.

— La vérité, répliqua Nancy. Qu'il a regardé *La Toundra* et que, trouvant l'inspiration, il a quitté la pièce en courant sans nous dire où il allait.»

Alana éclata de rire.

«J'espère qu'ils nous croiront.

— Jeff Carrington, certainement», lui assura Nancy.

Les choses ne se présentèrent pas aussi bien qu'elle l'avait espéré mais, avec le soutien de son père, de Jeff Carrington, de Clément Steele et même de la célèbre Hélène Haggler, les autorités acceptèrent d'attendre le retour du jeune Esquimau. Au fur et à mesure que les jours passaient et que le sort de Cole, Borge et de leurs associés se réglait, Nancy s'inquiétait pour Ben, seul quelque part dans la toundra.

Puis, un vendredi après-midi, Alana invita Nancy, son père et Hélène Haggler à dîner.

« Passez d'abord à la galerie, dit-elle à Nancy. L'exposition est enfin prête, et je veux que, tous les trois, vous soyez les premiers à la contempler. »

Dans l'escalier de la galerie Steele, Nancy était rayonnante. Quand les portes s'ouvrirent devant eux, elle lut la vérité dans les yeux gris d'Alana, pétillants de joie.

« Il est revenu, n'est-ce pas ? » demanda-t-elle.

Son amie ne répondit pas, les conduisit dans la grande salle, encore plongée dans l'obscurité. Lorsqu'ils furent sur le seuil, elle appuya sur un bouton. L'éclairage redonna vie à des centaines de sculptures d'ivoire. Toutes les créatures du Grand Nord étaient là, tous les esprits chers au cœur des Esquimaux. Chaque personnage y était décrit dans les moindres détails. Un village entier et ses habitants étaient venus peupler étagères et socles.

« Voici mon peuple, Nancy, déclara Ben.

— Et ton grand-père a caché tout cela ? fit la jeune détective ébahie.

— Il a dissimulé les trésors de la communauté, et en a augmenté le nombre au fil des années. C'est pour cela qu'il n'a jamais rien montré. Je crois qu'il se punissait lui-même, sans cesser de sculpter. Alors il a enfoui ses richesses avec ses amis et ses ancêtres.

— C'est la collection la plus magnifique que j'aie jamais vue, déclara Hélène, admirative. Je suis heureuse que vous l'ayez découverte et rendue à votre peuple, Ben. Le monde sera enrichi par cet héritage.

— Les Esquimaux aussi, ajouta Alana. L'argent que rapporteront les expositions leur permettra de reconstruire ce que Franklin Cole a détruit.

— Tout cela c'est grâce à Nancy, dit Ben, et à Alana. Elles m'ont aidé à trouver le secret de la statue. »

En écoutant Ben, Nancy se demanda si la prochaine énigme qu'elle aurait à résoudre la conduirait à une découverte aussi exotique. Elle le saurait bientôt.

Sa rêverie prit fin lorsque Clément Steele annonça :

« Vous êtes tous mes hôtes, ce soir. Ce dîner a pour but de fêter cet heureux dénouement et de vous remercier en mon nom propre et de la part de tous les amateurs d'art pour cette merveille.

— Nous avons de nombreuses raisons de nous réjouir », intervint James Drive.

Il entoura de son bras les épaules de sa fille, et lui sourit.

« Je suis entièrement d'accord, papa, dit Nancy, rayonnante. Nous avons aussi retrouvé le trésor de notre famille ! »

Table

IMPRIMÉ EN FRANCE PAR BRODARD ET TAUPIN
Usine de La Flèche, 72200.
Loi n° 49-956 du 16 juillet 1949 sur les publications destinées à la jeunesse.
Dépôt : mars 1988.